Klarant Verlag

Jan Olsen ist das neue Pseudonym eines seit 1991 in verschiedenen Genres erfolgreichen Schriftstellers. Jan ist mit einer Hebamme verheiratet, hat drei inzwischen erwachsene Kinder und darf sich seit Kurzem auch Großvater nennen. Als Kind des Nordens ist er der Nordsee mit all ihren rauen und lieblichen Facetten besonders zugetan und ließ kaum eine Ferienzeit verstreichen, ohne diese Gestade mit seiner Familie zu besuchen. Auch heute noch stehen Ferien an der Nordsee jedes Jahr auf dem Programm. Seine Vorliebe für die Nordsee und die dort lebenden Menschen kann er in seinen Ostfrieslandkrimis nun nach Herzenslust ausleben.

Jan Olsen

Die Leiche bei der Geburtstagsfeier

Ostfrieslandkrimi

Klarant Verlag

Copyright © 2024 Klarant GmbH, 28355 Bremen
Klarant Verlag, www.klarant.de – www.ostfrieslandkrimi.de
ISBN: 978-3-96586-966-0
1. Auflage 2024
Umschlagabbildung: Klarant Verlag

Kapitel 1

Derek Lopper fröstelte. Doch nicht nur der kühle Märzwind trug die Schuld daran, dass dem Rentner ständig eine Gänsehaut über den Rücken jagte. Vielmehr war es die enorme Höhe, die ihn erschaudern ließ. Da nächtliche Dunkelheit herrschte, konnte Derek nicht allzu viel sehen, wofür er dankbar war. Aber wenn die Wolkendecke für einen Moment aufriss und das Mond- und Sternenlicht tief unter ihm auf den Wellen des dunklen Wassers tanzte, dann presste er fest die Augen zu, weil er sich des Gefühls nicht anders erwehren konnte, jeden Moment über den Rand der schmalen Plattform zu kippen und hinabzustürzen.

Allerdings vermochte er sich wegen der Schnüre, die fest um seine Hände, Füße, Arme und Beine gewickelt waren, kaum zu rühren. Er war gar nicht in der Lage, sich unbedacht zu bewegen und so versehentlich einen Absturz zu verursachen. Zusammengekrümmt lag er da, und wenn der Knebel in seinem Mund nicht verhindert hätte, dass er einen Laut über die Lippen brachte, hätte er sich längst heiser geschrien, obwohl er wusste, dass ihn hier oben um diese nachtschlafende Zeit niemand hören konnte und deshalb auch keiner kommen würde, um ihn aus seiner misslichen Lage zu befreien.

Seine Hilflosigkeit machte es für ihn nur noch schlimmer, denn er stellte sich vor, was passieren würde, wenn ihn plötzlich eine heftige Böe erfasste, ihn herumrollte und von der Plattform hinunterstieß. Wie lange der Fall aus dieser luftigen Höhe wohl dauern würde, überlegte er. Und wie würde es ihm ergehen, wenn er, gefesselt, wie er war, in die kalten Fluten stürzte?

Verbissen kniff Derek die Augen zu und versuchte, die panikmachenden Gedanken zu unterdrücken. Stattdessen dachte er an sein kleines Fischerboot, mit dem er trotz seines hohen Alters noch immer regelmäßig auf die Nordsee hinausfuhr, um zu angeln oder ein Netz auszuwerfen. Er konnte sich nicht erinnern, in seinem Boot je solche entsetzliche Angst gehabt zu haben wie jetzt, da er auf der winzigen Plattform oben an der Spitze dieses mobilen Krans lag und sich kaum rühren konnte. Selbst bei heftigem Unwetter, wenn die Wellen hochschlugen und sein Boot ihm winzig und zerbrechlich wie eine Nussschale vorgekommen war, hatte er nie daran gezweifelt, dass er unversehrt in den Greetsieler Hafen zurückkehren würde. In seinem Fischerboot befand er sich stets auf Augenhöhe mit dem Meer. Hier jedoch breitete sich das Wasser etwa fünfzehn Meter unter ihm aus. Für ihn, der solche Höhen nicht gewöhnt war, eine unvorstellbar tiefe Kluft!

Ohne es zu wollen und wie unter einem fremden Zwang stehend, schielte er nach unten durch die Löcher des Gitters, auf dem er lag. Er sah die Umrisse des klobigen Kranhakens, der etwa eine Armlänge unter ihm an seinem Kabel seicht hin und her schaukelte.

Derek erschauderte aufs Neue und eine weitere Panikwelle drohte ihn zu übermannen. Doch plötzlich horchte er auf. Ein regelmäßiger Laut hatte sich unter die fremdartigen Geräusche gemischt, die der Kran in der Nacht hervorbrachte. Die Seilzüge sangen auf- und abschwellend im Wind und schlugen mit hellem Glockenschlag gegen den Ausleger, und hin und wieder ging ein dumpfes Knarren durch die gesamte Konstruktion. Diese Klänge waren Derek inzwischen vertraut, wenn sie ihn auch noch immer ängstigten. Nun aber war ein rhythmisches Pochen und Scharren hinzugekommen, und der Ausleger begann kaum merklich im Takt der Laute zu wippen.

Da klettert jemand den Kranarm hinauf, dämmerte es Derek. Obwohl sich alles in ihm sträubte, rückte er mit dem Oberkörper behutsam vor und zurück, um einen Blick entlang des Auslegers zu erhaschen. Und tatsächlich: Im Dunkeln machte er jetzt eine Gestalt aus, die sich schwungvoll die eisernen Sprossen hinaufarbeitete. Ob es sich um dieselbe Person handelte, die ihn mit vorgehaltener Waffe hierhergebracht und gezwungen hatte, zur Plattform hinaufzuklettern? Wie lange war das jetzt her? Derek wusste es nicht. Es mussten mehrere Stunden seitdem vergangen sein, Stunden, die sich scheinbar endlos dahingezogen hatten, während er angstschlotternd hier oben gelegen hatte.

Vielleicht war sein Entführer zurückgekehrt, um ihn zu erlösen. Man würde ihn seiner Fesseln entledigen und ihn dann vorsichtig hinuntergeleiten. Dieser böse Streich würde ein Ende finden und ihm erklärt werden, was das alles sollte.

Wie um seine Gedanken zu bestärken, nickte Derek eifrig. Dennoch machten sich jetzt Zweifel in ihm breit, und er fragte sich, warum sein Peiniger sich überhaupt die Mühe machen sollte, ihn zu befreien. War es nicht wahrscheinlicher, dass die Person, die den Ausleger hinaufkletterte, den auf der Plattform liegenden Mann bemerkt und sich nun auf den Weg nach oben gemacht hatte, um nachzusehen, ob

6

er richtig gesehen hatte? Aber warum hatte er dann nicht nach ihm gerufen?

Derek presste dumpfe Laute hinter seinem Knebel hervor. Er wollte auf sich aufmerksam machen, für den Fall, dass die Gestalt plötzlich innehielt, um dann unverrichteter Dinge wieder hinabzuklettern. Wie gerne hätte er jetzt um Hilfe gerufen. Stattdessen quetschte er bloß erstickte Laute hinter dem Knebel hervor.

Schließlich langte die Gestalt bei der Plattform an. Leider verdeckten die Wolken gerade das Leuchten der Himmelskörper, dennoch konnte Derek immerhin erkennen, dass der Ankömmling keine Maske über seinen Kopf gestülpt hatte. Sein Entführer hatte eine Strumpfmaske getragen, sodass nur seine Augen zu erkennen gewesen waren, die irgendwie bösartig hinter den Sehschlitzen hervorgefunkelt hatten. Dieser Mann hingegen …

Mit einer fließenden Bewegung erklomm der Fremde die Plattform. Derek wimmerte, da das Gitter unter ihm jetzt heftig erzitterte. Auf allen vieren kroch die Gestalt auf ihn zu und war im nächsten Moment über ihm.

Er wird mich befreien!, dachte Derek hocherfreut, während er spürte, wie Hände sich an den Fesseln zu schaffen machten. Diese lockerten sich jedoch nicht. Es schien eher, als wollte sein vermeintlicher Retter die Festigkeit der Schnüre überprüfen.

Derek versuchte zu sprechen; eine scherzhafte Bemerkung lag ihm auf der Zunge, wie es seiner ostfriesischen Natur entsprach. Aber vergebens. Nur dumpfe, unverständliche Laute brachte er zustande.

Plötzlich beugte sich die Gestalt über den Rand der Plattform. Der Mann presste seinen Körper dabei auf Dereks Leib und schien nach irgendetwas in der Tiefe zu greifen. Schließlich richtete er sich auf, und im nächsten Moment landete der Kranhaken mit einem krachenden Scheppern neben dem pensionierten Fischer auf dem Rost.

Derek glotzte verständnislos, beobachtete, wie der Mann ein Seil um den Haken band und das andere Ende zu einer Schlinge knüpfte. Die Gestalt fluchte verhalten und zog die Handschuhe aus, die ihm bei seinem Tun anscheinend hinderlich waren. Mit hastigen Bewegungen vollendete er die Schlinge und legte sie Derek um den Hals.

Voller böser Vorahnungen begann der alte Fischer sich unter dem Körper des Fremden zu regen. Er warf den Kopf hin und her, aber da war es bereits zu spät, die Schlinge zog sich fest und der Knoten drückte unangenehm gegen seine Nackenwirbel.

7

Derek zappelte jetzt wie ein Fisch im Netz, und beinahe hätte er den Fremden mit den Knien von der Plattform gestoßen. Der konnte sich an einer Strebe des Auslegers gerade so eben noch festhalten und den Sturz verhindern. Erzürnt schrie die Gestalt auf, trat hektisch nach dem schweren Haken und beförderte diesen Stück für Stück auf den Rand der Plattform zu. Ein letzter Stoß mit dem Schuh ließ das Beschwernis über die Kante und in die Tiefe rutschen.

Das Seil um Dereks Hals spannte und das Gewicht des fallenden Hakens riss den Fischer mit sich. Derek sperrte den Mund vor Entsetzen so weit auf, dass sich der Knebel lockerte. Kopfüber stürzte er dem dunklen Wasser entgegen, doch als das Seil sich plötzlich straffte, wurde Dereks Fall so abrupt gestoppt, dass sein Genick brach. Das Letzte, was der baumelnde Fischer sah, bevor das Leben ihn verließ, war das auf der nächtlichen Nordsee glitzernde Licht der Mondsichel, die jetzt vorwitzig aus einem Wolkenloch auf die seltsame Szene herabschaute.

*

Hauptkommissarin Ruth Fasan rieb fröstelnd die Hände aneinander und hauchte dann warmen Atem in die Fäuste. Die schwarze, elegante Lederjacke betonte ihre schlanke, durchtrainierte Statur und unterstrich die herbe Attraktivität, die sie mit ihrem ausdrucksstarken Gesicht und dem lockigen dunklen Haar ausstrahlte. In ihren hellbraunen Augen lag ein wacher, stets interessierter Ausdruck.

»Noch recht frisch heute Morgen, nicht wahr?«, sagte ihr Kollege Hagen Reese mitfühlend. Hagen war etwa zwanzig Jahre jünger als die Hauptkommissarin und kräftig gebaut. Das dunkelblonde Haar und die graublauen Augen harmonisierten mit diesem trüben, nebelverhangenen Morgen, als hätte sich die Evolution darum bemüht, sich den nordischen Wetterverhältnissen optisch anzugleichen.

Ruth lächelte zuversichtlich. »Wenn nachher die Sonne erstmal durchkommt und die Morgennebel sich verziehen, wird es bestimmt gemütlicher.« Sie blickte um sich. So diesig wie jetzt hatte sie den Greetsieler Hafen noch nie erlebt. Eine Glocke aus Dunst schien sich in der Nacht über das Fischerdorf gesenkt zu haben und ließ den Himmel jetzt grau und unansehnlich erscheinen. Dichte Nebelschwaden schwebten über dem Wasser des Hafenbeckens, verschlei-

8

erten die Krabbenkutter, die am gegenüberliegenden Pier festgemacht waren. Hier und da ragte ein Mast aus dem weißlichen Brodem oder schimmerte ein Stück einer farbenfrohen Bordwand hervor. Die Geräusche, die zu den Kommissaren über das Wasser herüberhallten, verrieten, dass an Deck einiger Kutter bereits gearbeitet wurde und Vorbereitungen für die bevorstehende Fangfahrt getroffen wurden. Ruth konnte die schattenhaften Bewegungen auf den Booten allerdings nur erahnen. Auch die Silhouetten der kleinen putzigen Wohnhäuser, die ihre Giebel über den sich anschließenden Deich reckten, waren mehr zu erraten als tatsächlich zu sehen.

»Wollen wir nicht schon mal an Bord gehen?«, fragte Hagen und deutete fröstelnd auf das Ausflugsboot, das in ihrer Nähe am diesseitigen Pier lag. Der Dieselmotor tuckerte gemächlich vor sich hin, und vor wenigen Augenblicken waren die Lichter im Gastraum angeschaltet worden. Aus den Fenstern fingerten fahle Lichtbalken in den Nebel hinaus. Die Sitzbänke und Tische im beleuchteten Innenbereich wirkten einladend. Auf dem Dach des etwa zwanzig Meter langen Schiffs gab es ein Freideck, das mit bunten Fahnen und Lichterketten geschmückt war. Am Bug prangte in schwarzen, verschnörkelten Lettern der Name STÖRTEBEKER. »Da drin ist es bestimmt um einiges wärmer und gemütlicher als hier im Nebel«, setzte Hagen hinzu, da seine Chefin auf seinen Vorschlag nicht reagiert hatte.

Ruth schüttelte den Kopf. »Ich warte lieber draußen auf die Geburtstagsgesellschaft.«

Hagen sah auf seine Armbanduhr. »Eigentlich müssten die Kollegen aus Emden längst eingetroffen sein.«

Ruth lächelte nachsichtig. »Bei diesen schlechten Sichtverhältnissen dauert die Fahrt eben ein wenig länger. Sicherheit geht vor!«

Hagen zog die Schultern hoch und vergrub die Hände missmutig in den Jackentaschen. »Dann bleibe ich eben auch draußen«, sagte er gefasst. »Schließlich macht mir dieses Wetter ja fast gar nichts aus.«

Scheinwerferlicht wischte plötzlich über ihre Köpfe hinweg, und als sie sich umdrehten und die Böschung hinaufspähten, erblickten sie einen dunklen Mannschaftswagen der Polizei. Das Fahrzeug stoppte neben der brusthohen Wehrmauer und der Motor erstarb. Als jetzt die Türen geöffnet wurden, drang vielstimmiges Lachen aus dem Wagen. Mehrere Frauen und Männer stiegen aus, unterhielten sich, lachten und riefen einander flapsige Bemerkungen zu. Ruth zählte fünfzehn Personen, den Fahrer nicht mitgerechnet, der den Bus später leer nach Emden zurückfahren würde.

»Unsere Kollegen sind ja schon ganz gut in Stimmung«, merkte Hagen an und grinste.

Einer der Ankommenden, ein stattlicher Mann mit dunkelblondem Haar, stellte sich vor die Mauer und winkte ihnen zu. »Da seid ihr ja schon!«, rief er.

»Moin, Felix!« Ruth schwenkte beide Arme durch die Luft. Ihren Lebensgefährten zu sehen, erfüllte ihr Herz jedes Mal mit einem warmen prickelnden Gefühl. »Schön, dass ihr endlich eingetroffen seid!«

»Wir wären schneller gewesen, wenn wir unterwegs nicht hätten anhalten müssen, weil einige unserer Kolleginnen dringend mal austreten mussten!«, feixte Felix.

Eine Frau, unter deren Pudelmütze langes brünettes Haar hervorschaute, boxte dem Kapitän der Wasserschutzpolizei scherzhaft gegen den Oberarm. »Du hättest uns eben nicht ständig Ostfriesentee aus deiner Thermoskanne anbieten dürfen«, sagte sie beschwingt.

»Wo ist denn das Geburtstagskind?«, fragte Ruth laut vernehmlich.

Felix sah sich suchend um.

»Hier bin ich!« Ein fast zwei Meter großer, grobschlächtig wirkender Mann trat an die Brüstung, an beiden Seiten eine Frau untergehakt. Der Rechtsmediziner lächelte breit und ein gelöster glücklicher Ausdruck ruhte auf seinem Gesicht.

»Alles Gute zum Geburtstag!«, rief Ruth ihm zu.

Doktor Frank Fixlmillner machte sich von seinen Kolleginnen los. »Wir kommen runter zu Ihnen!«, verkündete er, wandte sich der Gesellschaft zu und fuchtelte mit den Armen, als gelte es, eine Herde Deichschafe vor sich her zu treiben. »Los, runter mit euch!«, rief er. Aber seine Begleiter ließen sich von ihm nicht herumkommandieren. Stattdessen schoben sie Frank an ihre Spitze und folgten ihm dann dichtauf, während er hinter der Wehrmauer hervorkam und dem Deichweg folgte. Ruth und Hagen warteten am unteren Ende der Treppe, die die Böschung hinabführte. Als Fixlmillner unten ankam, umarmte Ruth ihn und drückte ihm links und rechts einen Kuss auf die Wange. »Herzlichen Glückwunsch«, sagte sie noch einmal feierlich.

Der Rechtsmediziner lächelte beglückt. »Es war eine ausgezeichnete Idee von mir, diesen runden Geburtstag in großer Runde zu

10

feiern, nicht wahr?«, lobte er sich selbst und griente. »Ich kann mich nicht erinnern, wann ich zuletzt so viel Zuwendung von meinen Kolleginnen erhalten habe!«

»Gewöhnen Sie sich lieber nicht daran!«, rief eine der Frauen von der Treppe herüber. Sie wirkte überaus zierlich, und wegen ihres pagenartigen Haarschnitts und des knabenhaften Gesichts haftete ihr etwas charmant Androgynes an.

»An sowas kann man sich gar nicht gewöhnen«, gab Frank scherzend zurück. Er trat beiseite und deutete einladend auf das Ausflugsboot. »Immer hereinspaziert, liebe Kollegen«, forderte er die Anwesenden auf. »Lassen Sie es sich heute auf meine Kosten gutgehen!«

»Das brauchen Sie uns nicht zweimal sagen!«, rief ein Mann, der Ruth noch nicht vorgestellt worden war.

Ruth hatte den Dienst bei der Greetsieler Polizei vor gut zwei Jahren angetreten und seitdem oft mit den Kollegen aus Emden zu tun gehabt. Trotzdem kannte sie die Belegschaft der dortigen Kriminalpolizei noch nicht gänzlich.

»Ein schöner Einfall, dieser Bootsausflug«, sagte Staatsanwalt Henning Lindau in aufgeräumter Stimmung, während ein Teil der Gruppe auf das Ausflugsboot zustrebte. Er fuhr sich mit der Hand über die Halbglatze. »Eine gute Gelegenheit, die Kollegen einmal in einem etwas ungezwungeneren Rahmen zu erleben.«

Felix nahm diese Anmerkung zum Anlass, Ruth einen Arm um die Schultern zu legen. Eine Geste, die er sich verkniffen hätte, wenn er im Dienst gewesen wäre. Er drückte der Hauptkommissarin sogar einen Kuss auf die Wange und zog sie dann noch ein wenig fester an sich.

Die Polizistin, die Felix vorhin geboxt hatte, verzog daraufhin das Gesicht und warf Ruth einen abschätzigen Blick zu.

»Wir wurden einander noch gar nicht vorgestellt«, sagte Ruth zu der Frau und streckte ihr die Hand hin. »Hauptkommissarin Ruth F...«

»Ich weiß, wer Sie sind«, gab die Angesprochene schnippisch zurück. Sie ignorierte Ruths ausgestreckte Hand und sah über ihren Kopf hinweg Felix ins Gesicht. »Unser Kapitän schwärmt ja ständig von Ihnen«, spottete sie.

Ruth hob eine Augenbraue. »Das kann ich mir beim besten Willen nicht vorstellen«, sagte sie kühl.

»Es stimmt auch gar nicht«, sagte Felix verschmitzt. »Anita übertreibt mal wieder maßlos.«

»Gar nicht wahr!«, ereiferte sich die Frau daraufhin. »Jeder von uns kennt die Mordfälle, die Frau Fasan aufgeklärt hat, seit sie ihre Dienststelle in Hamburg im Stich gelassen hat und nach Greetsiel gekommen ist.«

»Also, ich habe davon nur durch die Zeitungsberichte erfahren«, rief eine andere Frau herüber. »Nicht aber von Herrn Seitz.«

»Diese Mordfälle wurden auch gar nicht von mir allein bearbeitet«, sagte Ruth, die nicht vorhatte, auf die Provokation einzugehen, die die Behauptung beinhaltete, sie hätte ihre Hamburger Dienststelle im Stich gelassen. Sie war nach Greetsiel gezogen, um hier einen Neuanfang zu beginnen, nachdem ihr die Arbeit bei der Hamburger Kripo über den Kopf gewachsen war. Für Ruth fühlte es sich eher so an, als hätten ihre Hamburger Kollegen *sie* im Stich gelassen, weil sie nämlich nichts dazu beigetragen hatten, dass sie dort ein zufriedenes, erfülltes Leben hatte führen können. »Dass diese Morde aufgeklärt werden konnten, ist ebenso das Verdienst meines Kollegen Hagen Reese und unserer Streifenpolizistin Alice Bergmann«, fügte sie hinzu.

»Was Sie nicht sagen«, ätzte Anita.

»Wollen Sie sich mir denn gar nicht richtig vorstellen?«, fragte Ruth gelassen.

»Anita Schadel«, gab die Frau daraufhin knapp zurück.

»Kommissarin Anita Schadel«, ergänzte Staatsanwalt Lindau sachlich.

Anita verzog das Gesicht, als wäre es ihr gar nicht recht, dass Ruth jetzt wusste, dass ihre Gesprächspartnerin einen niedrigeren Dienstrang innehatte als sie selbst.

Geschlossen gingen sie zu dem Steg, der den schmalen Spalt zwischen Kai und Ausflugsschiff überbrückte.

Henning Lindau, der seinen Schritt zuletzt beschleunigt hatte, um sich an die Spitze der Gruppe zu setzen, stellte sich demonstrativ vor den Zugang und erhob mahnend den Zeigefinger. »Wenn wir mit dem Boot nachher im Emder Hafen eintreffen, beginnt für einige von Ihnen der Polizeidienst«, sagte er. »Mäßigen Sie sich also beim Alkoholkonsum.«

»Das hier wird ganz bestimmt keine Besäufnistour«, versicherte Max Engel, der Chef der Spurensicherung. »Wir sind gesittete Leute.

12

Und außerdem haben wir viel zu oft erlebt, was übermäßiger Alkoholgenuss mit den Menschen anstellt.«

»Sie werden zu Monstern!«, warf ein Kollege mit rauer Stimme ein.

»Ich kann Ihnen da einige abschreckende Anekdoten erzählen«, bot Fixlmillner an.

»Verschonen Sie uns bloß mit Geschichten über Leichen, die Sie sezieren mussten!«, rief die zierliche Frau mit dem Pagenschnitt dazwischen. »Es wird für mich auch so schon schwer genug werden, während dieser Bootsfahrt nicht seekrank zu werden!«

Verhaltenes Gelächter machte sich breit, und ein paar mitleidige Rufe ließen sich hören. Dann begab sich die Gesellschaft an Bord der STÖRTEBEKER.

*

Peet Willems, Eigner und Kapitän der STÖRTEBEKER, stand hinter dem Bartresen des hell erleuchteten Fahrgastraums und hieß seine Gäste mit ein paar lockeren Sprüchen an Bord willkommen.

Eike, seine Frau, machte derweil mit einem Tablett die Runde, auf dem fünfzehn mit einer rötlich braunen Flüssigkeit gefüllte Schnapsgläser standen. »Selbstgemachter Teelikör zum Aufwärmen«, sagte sie erklärend, während sie das Tablett herumreichte. »Ist gut für Körper, Geist und Seele.«

Ruth zögerte einen Moment zuzugreifen, denn noch sehr genau erinnerte sie sich an den Mordfall, bei dem vergifteter Teelikör zum Einsatz gekommen war. Schließlich nahm sie dann doch einen Stamper, und nachdem Staatsanwalt Lindau für das Geburtstagskind einen Toast ausgesprochen hatte, setzte sie wie alle anderen auch das Glas an die Lippen und trank. Das Gebräu war nicht zu süß, stellte sie fest, und besaß eine leicht bittere Note.

Als sie den geleerten Stamper auf das Tablett zurückstellte, bemerkte sie, dass Hagen nichts getrunken und nicht einmal ein Glas an sich genommen hatte. Sie ging zu ihm, hob fragend eine Augenbraue und sagte: »Ich musste ebenfalls an den Teelikörmord denken. Aber das hat mich nicht davon abgehalten, Frank Fixlmillner zu Ehren einen zur Brust zu nehmen.«

Hagen wiegte verlegen den Kopf. »Es ist nicht so, wie Sie denken.«

13

»Nicht? Was hat Sie denn sonst davon abgehalten, einen zu heben? Die Ermahnung des Staatsanwaltes etwa? Herr Lindau hat selbst einen zur Brust genommen, wie Sie gesehen haben dürften.«

»Ich faste«, erklärte Hagen daraufhin zurückhaltend. »Ramadan ist heute angebrochen, müssen Sie wissen.«

Ruth rieb sich überrascht den Hals. »Hat Ihre Freundin Sie zum Islam bekehrt?«

Hagen schüttelte den Kopf. »Dünya ist Atheistin. Sie glaubt an keinen Gott. Trotzdem möchte sie einige Bräuche aus der türkischen Linie ihrer Verwandtschaft mal ausprobieren. Fasten kann eine gute Sache sein. Darum habe ich Dünya versprochen, es ihr gleichzutun und mich während des Ramadans ebenfalls in Verzicht zu üben.«

»Sie dürfen von Sonnenaufgang bis Sonnenuntergang weder essen noch trinken«, sagte Ruth.

»Rauchen, Kaugummi kauen und Sex sind ebenfalls verboten«, ergänzte Hagen. Er verzog einen Mundwinkel. »Ich bin Nichtraucher und verabscheue Kaugummi, von daher wird es mir nicht schwerfallen, auf beides zu verzichten. Wohingegen …« Er ließ den Satz unvollendet.

Ruth musste unwillkürlich schmunzeln. »Verstehe.« Aufmunternd tätschelte sie Hagens Schulter. »Es ist heldenhaft, was Sie und Dünya alles auf sich nehmen, um der Tradition Genüge zu tun.«

»Es ist ja nur für dieses eine Mal«, sagte Hagen. »Dünyas Mutter ist ebenfalls säkular orientiert. Sie fastet trotzdem jedes Mal zu Ramadan, und Dünyas Vater ebenfalls, obwohl er Christ ist. Er tut es seiner Frau zuliebe, und ich, um mit Dünya ein interessantes Erlebnis zu teilen.« Er lächelte freiheraus. »Das Fastenbrechen am Abend ist dann ein feierlicher Akt, habe ich mir sagen lassen. Dünya und ich werden es gebührend zelebrieren. Aber bis dahin …«

Ein durchdringendes Tuten kündigte an, dass die STÖRTEBEKER abgelegt hatte und die Ausflugsfahrt ihren Anfang nahm.

*

Nachdem das Ausflugsschiff den Hafenbereich hinter sich gelassen hatte, schwenkte der Kapitän nach links in das Leyhörner Sieltief ein. Der mehrere Kilometer lange Kanal führte in seichten Kurven hinunter zum Leyhörner Speicherbecken, das zum Meer hin durch eine Schleuse abgetrennt wurde. Dahinter schloss sich das Außentief an,

14

eine ausgeklügelte Konstruktion, die es den Fischern erlaubte, den Greetsieler Hafen trotz des erheblichen Gezeitenunterschiedes zwischen Ebbe und Flut jederzeit zu erreichen oder zu verlassen.

Im Anschluss an den kleinen Umtrunk stiegen die Feiernden erst einmal auf das Freideck, denn dort sollte Frank Fixlmillner sein Geburtstagsgeschenk »präsentiert« bekommen, wie der Staatsanwalt sich ausgedrückt hatte.

Während sich Henning Lindau und Max Engel zusammen mit einer Kollegin der Spurensicherung zum Heckbereich begaben, um dort einige Vorbereitungen zu treffen, gesellten sich Ruth und Felix zu den Gästen, die an der Reling der Backbordseite standen und den Ausblick auf die Häuser des Fischerdorfes genossen.

Greetsiel erschien in dieser frühen, nebelverhangenen Morgenstunde mit seinen kleinen erleuchteten Fenstern wie eine märchenhafte Ansiedlung. Die STÖRTEBEKER teilte mit ihrem Bug die Nebel, die über dem Wasser des Sieltiefs waberten, sodass die bewegten Schwaden die Sicht teilweise verschleierten, wodurch das Ufer mit seinen kleinen urigen Friesenhäusern noch weltentrückter erschien. Der graue, düstere Himmel konnte diesen wundervollen Anblick kaum trüben, vielmehr trug sein Dunst dazu bei, die Szene noch mehr zu verklären.

»Ein ganz besonderer Moment«, freute sich Fixlmillner, der mit seiner sonoren Stimme das Tuckern des Schiffsmotors locker übertönte. »Ich bin glücklich, dass ich ihn mit Ihnen allen teilen kann«, sagte er und breitete überschwänglich die Arme aus.

Zustimmende Rufe wurden laut. Dann versanken die Gäste erneut in den Anblick des feenhaften Fischerdorfes.

Inzwischen hatte sich die STÖRTEBEKER ein gutes Stück das Sieltief entlanggekämpft. Das letzte Haus in der Reihe hinter dem Inlandsdeich zog vorüber. Feuchtwiesen und Äcker breiteten sich jetzt hinter dem Deich aus und verloren sich schon nach etwa hundert Metern im Dunst.

Nicht lange und ein strohgedecktes Dach mit stolzem Kapitänsgiebel lugte trotzig über die Deichkuppe hinweg. Ruth hatte, bevor sie ihr Haus heute früh verlassen hatte, ein buntes Lichtarrangement ins Giebelfenster gesetzt, das den Gästen nun mit den Lettern »Happy Birthday« fröhlich entgegenblinkte.

»Großartig!«, rief Fixlmillner aus und klatschte begeistert in die Hände. »Ein wundervoller Einfall, liebe Ruth. Ich bin gerührt!«

15

Die Hauptkommissarin nahm das Lob mit einem verlegenen Lächeln entgegen. »Es freut mich, dass Sie Gefallen daran finden, Frank.«

»Gehört dieser hässliche Kasten etwa Ihnen?«, rief Anita Schadel mit gespieltem Entsetzen herüber. Dass die junge Kommissarin neben Felix stand, bemerkte Ruth erst jetzt. Schulter an Schulter und damit nach ihrem Empfinden viel zu nahe, hatte sich Anita an den Kapitän der Wasserschutzpolizei geschmiegt und stupste ihn jetzt sogar an, als wollte sie ihn dazu ermuntern, sich ebenfalls abfällig über Ruths strohgedecktes Eigenheim zu äußern.

»Ich kann mir keinen romantischeren Wohnsitz vorstellen als dieses alte, abgelegene Friesenhaus«, sagte Felix daraufhin.

Anita prustete, wie um Felix zu bedeuten, dass sie ihm kein Wort glaubte. »Ja, ja«, setzte sie spöttisch hinzu. »Alles klar. Du findest doch alles toll, was mit unserer Greetsieler Hauptkommissarin zu tun hat. Du bist völlig befangen, um es mal im Polizeijargon auszudrücken. Der objektive Blick ist dir völlig flöten gegangen!«

»Es ist so weit!«, rief Lindau vom Bug herüber und klatschte in die Hände. Mit eindringlichen Armbewegungen winkte er den Rechtsmediziner zu sich. »Kommen Sie. Kommen Sie. Die Präsentation kann nicht länger hinausgezögert werden!«

Verlegen um sich blickend trat Frank näher, gefolgt von seinen Gästen. Ruth und Felix mischten sich händchenhaltend unter die Kollegen und blieben dann abwartend stehen.

»Stopp!«, wies Lindau Fixlmillner an und hob die Hand. »Das ist nahe genug!« Er trat neben den Rechtsmediziner und wandte sich der Kiste zu, die einige Schritte entfernt von ihnen auf dem Boden stand und an der Max Engel sich nun mit einem brennenden Feuerzeug zu schaffen machte. Der Chef der Spurensicherung sprang plötzlich auf und wich zurück. Im nächsten Moment klappte der Kistendeckel mit einem lauten Knall auf und eine Feuerwerksrakete stieg heulend und einen Funkenschweif hinter sich herziehend in den Himmel auf. Die Rakete verschwand im Nebeldunst, und als sie explodierte, gleißten die Schwaden kurz auf, als wäre ein Blitz hineingefahren. Anschließend wetterleuchtete es erst rot, dann blau und grün in dem Brodem auf, als der Sprengkörper seine Effekt-Chemikalien ausspie.

»Fehlt nur noch, dass die Rakete auf das Strohdach fällt und Ruths Hütte in Brand gerät!«, rief Anita, die irgendwo in der Menge verborgen war. »Dann wäre diese Überraschung perfekt!«

16

»Jetzt reicht's!«, schimpfte ein Kollege. »Reißen Sie sich zusammen, Frau Schadel!«

»Keine Sorge. Dein Haus ist längst außer Reichweite«, raunte Felix Ruth ins Ohr. »Wir haben den Zeitpunkt der Zündung zuvor genau kalkuliert.«

Ruth nickte dankbar. »Was hat diese Person bloß gegen mich?«

Felix deutete ein Schulterzucken an. »Anita ist oft angespannt und schlecht gelaunt.« Er sah Ruth von der Seite an. »Und ich glaube, sie ist ein bisschen eifersüchtig.«

Bevor Ruth nachhaken konnte, jagten plötzlich weitere Raketen heulend aus der Kiste hervor, bohrten sich zischend in den verhangenen Himmel und vergingen mit laut hallendem Lärm in bunten Feuerblumen.

Das Spektakel bereitete Fixlmillner sichtlich Vergnügen. Auf seinem gen Himmel gekehrten Gesicht flackerte der Widerschein der Leuchtfeuer, und obwohl die Effekte eindrucksvoller ausgefallen wären, wenn der Nebel sie nicht verschleiert hätte, wirkte dieser großgewachsene Mann wie ein kleiner, begeisterter Junge.

Plötzlich schlug aus der Kiste eine Kaskade goldener Funken. Rauch quoll dramatisch hervor, und in diesem Qualm stieg langsam etwas Dunkles auf. Der geheimnisvolle Gegenstand schien zu schweben, und die Rauchschwaden zerstoben, als befände sich ein Quirl darin.

Als das Flugobjekt sichtbar wurde, stieß Fixlmillner einen überraschten Schrei aus. »Eine Drohne!«, rief er begeistert. »Woher wusstet ihr …?«

Das Fluggerät, das mit vier horizontalen Propellern ausgestattet war, bewegte sich jetzt langsam von der Kiste weg und flog auf den Rechtsmediziner zu. Die kleinen Motoren sirrten wie umherschwirrende Insekten, als die Drohne plötzlich steil emporstieg, um dann sanft wie eine Feder herabzuschweben und direkt vor Fixlmillners Füßen zu landen.

Die Mitarbeiterin der Spurensicherung, die dem Geburtstagskind und seinen Gästen die ganze Zeit über den Rücken zugekehrt hatte, drehte sich jetzt um. Sie hielt einen Steuerkasten vor sich, der an einem Riemen um ihren Hals hing. Mit feierlichen Schritten trat sie auf den Rechtsmediziner zu, zog den Trageriemen über ihren Kopf und händigte Fixlmillner das Gerät aus. »Nochmals herzlichen Glückwunsch zum Geburtstag«, sagte sie.

17

Fixlmillner nahm die Fernsteuerung feierlich entgegen, wandte sich zu seinen Gästen um und hob den Apparat über seinen Kopf. Dabei gebärdete er sich, als handelte es sich bei dem Geschenk um einen Pokal, den er soeben gewonnen hatte. »Herzlichen Dank!«, rief er bewegt in die Runde. »Ich weiß gar nicht, was ich sagen soll.« Er grinste breit. »Offenbar sind Sie bessere Zuhörer, als ich vermutet hatte. Dass Sie meine Begeisterung für diese erstaunlichen Fluggeräte überhaupt zur Kenntnis genommen haben, zeigt mir, dass ich bei der Emder Kripo bestens aufgehoben bin und ich mir keinen besseren Arbeitsplatz wünschen könnte!«

Ruth klatschte spontan in die Hände. Frank hatte genau das ausgesprochen, was auch sie für ihre Dienststelle in Greetsiel empfand. Sie fühlte sich dort heimisch und mit all ihren schroffen Eigenheiten angenommen. Und das war weit mehr, als sie zuletzt von der Hamburger Kripo hatte behaupten können.

Mehrere der Umstehenden fielen in den Applaus mit ein, andere riefen Fixlmillner Aufmunterndes zu. Anita steckte sich zwei Finger in den Mund und stieß einen durchdringenden Pfiff aus, der so schrill ausfiel, dass sich die Kollegen in ihrer Nähe die Ohren zuhalten mussten.

*

Fröstelnd und mit hochgezogenen Schultern eilte Kemal Altuck vom Parkplatz kommend auf den Eingang des Restaurants zu, in dem er arbeitete. Die Kälte des feuchten, nebligen Morgens kroch ihm unter die Jacke und zog unangenehm die Hosenbeine hinauf. So schnell wie möglich wollte er in die behagliche Wärme des Gebäudes, das auf ihn heute ganz besonders dunkel und verlassen wirkte. Das würde sich allerdings schnell ändern, sobald er die Lichter und das Radio eingeschaltet hatte. Er würde sich sofort behaglicher fühlen, wenn er den Schankraum für die Gäste herrichtete, die im Laufe des Tages im Restaurant »Am Knocksand« einkehren würden.

Kemal steckte den Schlüssel ins Türschloss, verharrte dann aber irritiert. Irgendetwas hatte ihn aufmerken lassen, doch er wusste nicht, was es war. Er drehte sich um und betrachtete prüfend die Strandkörbe, Tische und Stühle, die im Außenbereich für die Gäste bereitstanden und noch angekettet waren. Hier schien jedoch alles in bester Ordnung. Er ließ den Blick die seichte Böschung hinabgleiten

18

und verengte angestrengt die Augen, während er den Strand und die Zufahrt zum Schiffsanleger absuchte. Der Morgendunst hatte sich kaum gelichtet. Alles, was mehr als hundert Meter entfernt war, verschwamm in der grauen Suppe des Nebels.

Dass der Strand verlassen war, konnte Kemal gerade noch erkennen. Bei diesen trüben Sichtverhältnissen hatte sich nicht einmal ein morgendlicher Spaziergänger mit seinem Hund hierher verirrt. Das hohe Gittertor, das die Zufahrt zum Anleger versperrte, stand einen Spaltbreit offen, wie es Kemal schien. Das war ungewöhnlich, denn die Betreiberfirma achtete stets darauf, dass keine Unbefugten die Anlage betreten konnten.

Kemals ungutes Gefühl nahm zu, als er nun zum fahrbaren Kran hinüberspähte. Das Ungetüm mit seinem hoch aufragenden Ausleger aus Metallstreben stand am Ende des Piers. Seit Wochen verstellte dieser Kran den Gästen den Blick aufs Meer und verschandelte die Aussicht. Doch wenn die LKW mit den Bauteilen für die Offshore-Windkraftanlage eintrafen und die Lasten mit dem Kran auf ein Schiff verladen wurden, dann wurde es hier erst so richtig ungemütlich. Der Lärm war manchmal nicht zum Aushalten, fand Kemal. Allerdings hielt die Neugier die meisten Gäste davon ab, das Weite zu suchen. Stattdessen verfolgten sie interessiert den Verladevorgang, nicht selten von der Restaurantterrasse aus, was für Kemal wiederum mehr Umsatz bedeutete …

Er unterbrach seine Gedanken. Etwas an dem Kran kam ihm eigentümlich vor. Die Umrisse zeichneten sich nur schemenhaft im Dunst ab, dennoch hatte er den Eindruck, als hinge dort ein Gegenstand am Kranhaken, der dort nicht hingehörte. War das womöglich ein Mensch? Kemal schüttelte vehement den Kopf. Das konnte nicht sein, er musste sich täuschen! Wahrscheinlich handelte es sich bloß um eine Spezialvorrichtung, um die sperrigen Bauteile der Windkrafträder besser greifen zu können.

»Das wird es sein«, murmelte er, wie um sich selbst von seiner Annahme zu überzeugen. Entschlossen drehte er sich der Tür zu und schloss sie auf. Das unbehagliche Gefühl saß ihm dennoch im Nacken. Es verschwand auch nicht, als er im Innern des Flachdachgebäudes das Licht und das Radio anschaltete. Während er in den Räumen seiner Tätigkeit nachging, vermied er es dann auch tunlichst, aus dem Fenster und zum Schiffsanleger mit seinem fahrbaren Kran hinüberzusehen.

19

*

Als die STÖRTEBEKER das Leyhörner Speicherbecken erreichte, beherrschte Fixlmillner die Steuerung der Drohne bereits ziemlich gut. Einmal wäre der Quadrocopter allerdings fast ins Wasser gestürzt, aber Frank rettete die Maschine, indem er die Neigung der Rotorebene abrupt änderte und dadurch so viel Vortrieb erzeugte, dass die Drohne wie ein flacher, geworfener Stein mehrmals über das Wasser sprang, ehe sie dann erneut an Höhe gewann.

Während das Ausflugsboot jetzt die Schleuse passierte, verstaute Fixlmillner sein Geschenk in die Kiste und verfolgte dann gemeinsam mit seinen Gästen, wie sich die Tore des Sperrwerks öffneten und schlossen und die STÖRTEBEKER schließlich ins offene Meer hinaus entlassen wurde.

Kaum war dies geschehen, erklärte Frank das Buffet für eröffnet.

Ruth schloss sich der Gesellschaft an und stieg die Treppe in den Fahrgastraum hinab. Eike Willems hatte das Buffet auf dem Bartresen und zwei Zusatztischen aufgebaut. Auf den Servierplatten lagen ansprechend zurechtgemachte Fischspeisen verschiedener Art, darunter auch eine große Schüssel gepulter Krabben und mundgerecht zurechtgeschnittene Filetstücke aus gebratenem Fisch.

»Alles, was Ihnen hier angeboten wird, ist von mir eigens zubereitet worden«, erläuterte Eike, über deren fülligem Gesicht ein rötlicher Schimmer lag. »Die Fische und die Krabben stammen aus heimischen Gewässern und wurden von Greetsieler Fischern gefangen.« Stolz lächelte sie in die Runde. »Und nun greifen Sie zu und lassen Sie es sich schmecken!«

Zwanzig Minuten später kehrte Ruth mit einem Tablett voller Leckereien auf das Freideck zurück. Sie bedachte Hagen, der allein an der Reling lehnte, mit einem schmalen Lächeln. Als Einziger war er hier oben geblieben, während alle anderen sich auf den Weg zum Buffet gemacht hatten.

»Wohl bekomm's!«, rief er Ruth tapfer zu.

»Ich werde für zwei essen«, versprach sie daraufhin, besaß dann aber genügend Anstand, sich mit ihrem Tablett nicht in Hagens Nähe niederzulassen, um vor seinen Augen die Leckereien zu vertilgen. Stattdessen steuerte sie eine Tischgruppe an, an der bereits einige

20

Emder Kollegen Platz genommen hatten. Darunter auch Anita Schadel.

»Du bist mal wieder unausstehlich heute«, hörte Ruth den Mann sagen, der Anita gegenübersaß und einen Rollmops auf seine Gabel gespießt hatte. Damit deutete er jetzt auf Anita. »Willst du Frank diesen Tag mit deiner üblen Laune etwa verhageln?«

»Ich rede so, wie mir der Schnabel gewachsen ist!«, gab Anita pampig zurück. »Bisher hattest du nie Anstoß daran genommen.«

Der Mann verzog das Gesicht, wodurch es noch ein wenig verknitterter aussah. Ein Bartschatten verdunkelte sein Kinn, und das schwarze Haar wirkte wirr und ein wenig ungepflegt. »So wie heute hast du dich noch nie aufgeführt«, sagte er. Lauernd sah er Anita an. »Es liegt an diesem Kapitän der Wasserschutzpolizei, nicht wahr? Du kannst es nicht verknusen, dass er dir die kalte Schulter zeigt!«

»Was weißt du schon!« Anita sprang abrupt auf. »Deine Kombinationsgabe ist wie immer miserabel, Egon!«

»Das behaupten die Übeltäter auch immer, wenn ich der Wahrheit zu nahe gekommen bin«, erwiderte dieser gelassen.

»Nun hört endlich auf zu streiten!«, fuhr die zierliche Frau mit dem Pagenschnitt aufgebracht dazwischen.

Ruth wollte sich gerade einem anderen Tisch zuwenden, als Anita plötzlich herumwirbelte und mit einem »Ihr könnt mich alle mal« auf den Lippen davonpreschte.

Ehe die beiden Frauen sich versahen, prallten sie zusammen. Mit der Schulter prellte Anita Ruth das Tablett aus den Händen. Der gut gefüllte Teller und das Glas Mineralwasser rutschten vom Servierbrett, und alles zusammen landete mit lautem Scheppern auf dem Boden.

Anita funkelte Ruth wütend an. »Können Sie nicht aufpassen!«, fauchte sie.

»Sie sollten vorher lieber die Augen aufmachen, bevor Sie kopflos losrennen«, entgegnete Ruth erzürnt.

»Warum rücken Sie mir überhaupt so dicht auf die Pelle?«, rief Anita, stieß Ruth beiseite und stürmte davon.

Fassungslos stemmte Ruth die Hände in die Hüften und sah der davoneilenden Kommissarin hinterher. Sie konnte den Impuls, der Frau zu folgen und sie zur Rede zu stellen, nur mit Mühe und Not unterdrücken.

21

Plötzlich tauchte der Mann neben ihr auf, mit dem Anita sich gestritten hatte. »Meine Partnerin zeigt sich heute mal wieder von ihrer Schokoladenseite«, sagte er mit beißender Ironie in der Stimme. »Nehmen Sie es nicht persönlich.«

»Wie soll ich es denn sonst nehmen?«, fragte Ruth angesäuert. Während ihr Gegenüber ratlos mit den Schultern zuckte, ging sie in die Hocke und klaubte mit spitzen Fingern die Scherben des zerbrochenen Trinkglases auf und legte sie aufs Tablett. Der Mann, den Anita mit Egon angesprochen hatte, tat es ihr gleich und hob den Teller auf, der mit der Unterseite nach oben gekehrt auf dem Boden gelegen und die Fischdelikatessen unter sich begraben hatte.

»Murphy's Law«, sagte er trocken, während er den unansehnlichen Haufen betrachtete, in den die Speisen sich verwandelt hatten. »Dieses Gesetz besagt, dass alles, was schiefgehen kann, auch schiefgehen wird. Darum landet ein belegtes Brot immer auf der Oberseite, wenn es herunterfällt – oder ein gefüllter Teller eben verkehrt herum.«

»Das ist Unsinn«, gab Ruth verstimmt zurück. »Es hängt von vielen Faktoren ab, wie ein Objekt auf den Boden fällt. Die Art der Bewegung, die Höhe des Falls und die Form des Gegenstands; all dies und noch weitere Umstände bestimmen, auf welcher Seite er schlussendlich aufprallt.«

Egon lächelte dünn. »Die Idee, dass Brot immer mit der belegten Seite nach unten fällt, ist eher als amüsante Übertreibung zu verstehen und nicht als eine physikalische Regel. Ich wollte Sie nur ein wenig aufmuntern.« Er streckte ihr die Hand hin, die jetzt mit Mayonnaise beschmiert war und an deren Daumen eine Krabbe klebte. »Hauptkommissar Egon Pratzer«, stellte er sich vor, während Ruth seinen kleinen Finger ergriff und behutsam daran wackelte. »Anita ist meine Partnerin.«

»Sie Glückspilz«, kommentierte Ruth trocken und stellte sich dann ebenfalls vor.

»Ich weiß, wer Sie sind. Wie eigentlich alle hier Anwesenden«, gab Egon freundlich zurück.

Ruth sah ihn prüfend an. »Sie äußerten vorhin die Vermutung, Anitas schlechte Laune könnte mit Felix zusammenhängen. Was genau haben Sie damit gemeint?«

Egon wiegte verlegen den Kopf. »Eigentlich widerstrebt es mir, Klatsch zu verbreiten.« Fahrig deutete er vor sich auf die Überreste

22

von Ruths verunglücktem Essen. »Aber ich finde, Sie haben ein Recht zu erfahren, warum Anita Sie so sehr anfeindet.« Tief atmete er durch. »Sie hat sich offenbar in den Kopf gesetzt, Felix für sich zu gewinnen. Immer wenn er im Präsidium auftaucht, geht Anita das Herz auf. Das ist für jemanden wie mich, der tagtäglich mit ihr zu tun hat, unverkennbar. Sie ist in Felix verknallt und sehr bemüht, ihn für sich zu vereinnahmen. Aber Felix zeigt ihr bloß die kalte Schulter – auf eine höfliche Art, wie es seinem fabelhaften Charakter entspricht. Dennoch ist Anita verletzt – und auf die Frau nicht gut zu sprechen, die in den Genuss dessen kommt, wonach sie sich mit jeder Faser ihres Körpers sehnt.«

Ruth seufzte. »Sie haben es gut drauf, Mitgefühl und Verständnis in Ihrem Gesprächspartner zu wecken. Ich sollte eigentlich wütend auf diese Frau sein, jetzt tut sie mir fast schon ein bisschen leid.«

Egon lächelte schmal. »Der Umgang mit Ganoven und unzählige Verhöre haben mich ausgezeichnet geschult und meine Kommunikationstechniken vervollkommnet«, witzelte er.

Ein Schatten fiel auf die beiden, und als Ruth aufblickte, sah sie Felix vor sich stehen, der ein Tablett auf seinen Händen balancierte.

»Ist dir ein Missgeschick widerfahren?«, fragte er mitfühlend.

»Ja«, gab Ruth freudlos zurück. »Und dieses Missgeschick heißt Anita Schadel!«

Kapitel 2

Ruth begab sich an die Backbordreling, um ein wenig von den Gesprächen zu verschnaufen, die sie mit den Emder Kollegen geführt hatte. Inzwischen kannte sie fast alle Gäste namentlich und hatte mit jedem ein paar Worte gewechselt. Jetzt fühlte sie sich ein wenig erschöpft und genoss es, sich die kühle Meeresbrise um die Nase wehen zu lassen.

Die STÖRTEBECKER fuhr mit unermüdlich tuckerndem Motor in nördliche Richtung. Kapitän Peer Willems hielt das Ausflugsschiff in der Nähe der deutschen Küste, die sich flach und trübe in Fahrtrichtung erstreckte. Der Meeresarm, den sie hinunterschipperten, war an dieser Stelle noch recht breit, bevor er dann schließlich mehrere Kilometer stromaufwärts in die Ems überging.

Wegen des immer noch vorherrschenden Nebels war von der gegenüberliegenden Küste, die zu Holland gehörte, nur ein verschwommener Streifen auszumachen. Die weißen Windkrafträder aber, die es dort zuhauf gab, schälten sich mit ihren langsam rotierenden Flügeln dennoch überdeutlich aus dem Dunst. Da Ruth diesen Anblick nicht eben malerisch fand, nahm sie mit dem Ausblick vorlieb, der sich ihr von der Backbordseite aus bot. Sie betrachtete gerade den Leuchtturm von Campen, dessen auf langen Stelzen stehender tonnenförmiger Aufbau sie wegen seines Kegeldachs an die Wasserreservoirs auf den Hochhäusern von Manhattan erinnerte, als Gesa Blum nicht weit entfernt an die Reling stürzte. Die zierliche junge Frau, die im Labor arbeitete, beugte sich krampfhaft vor und übergab sich. Ihr knabenhaftes Gesicht wirkte kalkweiß, als sie sich wenig später keuchend aufrichtete. Im nächsten Moment krümmte sie sich erneut und sackte entkräftet in sich zusammen.

Sofort eilten ein paar Kollegen herbei, um sich um die Frau zu kümmern.

»Gesa ist viel zu zart besaitet. Ich wunder mich, wie sie mit ihrer labilen Konstitution den Job im Labor überhaupt durchstehen kann.«

Ruth drehte sich zu der Sprecherin um und zog kaum merklich eine Augenbraue hoch, als sie sah, wer da an ihrer Seite aufgetaucht war. »Anita«, sagte sie. »Wäre es nicht besser, wenn wir uns aus dem Weg gehen?«

Die Angesprochene tat überrascht. Erst jetzt bemerkte Ruth, dass die Kommissarin einen Teller in der Hand hielt. Darauf lagen ein paar appetitlich aussehende Fischhappen. Übergangslos hielt Anita ihr das Mitgebrachte unter die Nase. »Nehmen Sie das als kleine Entschädigung für das Missgeschick vorhin«, sagte sie.

Ruth schob den Teller von sich. »Danke, nein. Irgendwie ist mir der Appetit vergangen, als ich die Essensreste vom Boden kratzen musste.«

»Nun stellen Sie sich nicht so an!« Erneut bewegte Anita den Teller auf Ruths Gesicht zu. »Vertragen wir uns!«

»Ich will nichts essen!«, stellte Ruth klar und wich einen Schritt zurück. »Und ich würde es begrüßen, wenn Sie mich in Ruhe lassen würden!«

Unmut machte sich auf Anitas Gesicht breit. »Dann eben nicht!«, rief sie aufgewühlt und holte mit dem Teller aus. Einen Moment sah sie aus wie eine Kellnerin, die mit hocherhobenem Arm eine Bestellung über die Köpfe einer Gästeschar hinweg balancierte. Dann schleuderte sie den Teller samt Häppchen über die Reling ins Meer.

Ruth schüttelte enerviert den Kopf. »Sie sind wirklich unausstehlich«, sagte sie und drehte sich weg. Demonstrativ sah sie zur Landmasse hinüber. Ein schmaler Strandstreifen zeichnete jetzt den Verlauf der Küstenlinie nach. Es handelte sich um den Naturstrand an der Knock, wie Ruth wusste.

»Sie lieben Felix doch gar nicht wirklich«, sagte Anita plötzlich.

Ruth riss den Kopf herum. Ihr lag eine scharfe Erwiderung auf den Lippen. In diesem Moment sah sie Felix, der sich ihnen unsicheren Schrittes näherte und unnatürlich blass wirkte. »Was ist mit dir?«, fragte Ruth besorgt und stieß sich von der Reling ab.

Felix presste sich die Hand auf den Bauch. »Mein Magen fühlt sich flau an«, sagte er.

»Musst du dich etwa auch übergeben?«, fragte Anita leichthin.

Felix setzte sich auf eine Bank. »Womöglich stimmt etwas mit dem Fisch nicht. Ich bin nicht der Einzige, der über Unwohlsein klagt.«

Ruth schaute um sich. Tatsächlich saßen etliche der Gäste jetzt wie ermattet auf ihren Stühlen. Die Gespräche waren größtenteils verstummt. Fixlmillner, der eben noch mit einer Kollegin getanzt hatte, führte diese jetzt an einen Tisch, wo sie sich auf ein Sitzmöbel plumpsen ließ und sich den Bauch hielt.

»Soll ich dir ein Glas Wasser holen?«, fragte Ruth ihren Lebensgefährten.

25

Felix furchte plötzlich die Stirn. Sein Blick ging an Ruth vorbei. Langsam hob er den Arm und deutete zur Küste hinüber. »Was ist das?«, fragte er befremdet.

Ruth drehte sich um und sah in die Richtung, in die Felix deutete. Die STÖRTEBEKER befand sich auf Höhe eines Stegs, der weit ins Wasser ragte, damit dieser auch während Ebbe von Schiffen angesteuert werden konnte. Ein fahrbarer Kran ragte am diesseitigen Ende des Anlegers auf. Ruth bemerkte sofort, worauf Felix sie aufmerksam machen wollte: Am Kranhaken hing eine menschliche Gestalt! Der vom Dunst umwallte Kran wirkte wie ein Galgen, an dem jemand aufgeknüpft worden war.

»Baumelt da etwa ein Mensch?«, fragte Felix rau.

»Das ist bestimmt eine Puppe«, äußerte sich Anita. »Da erlaubt sich jemand einen makabren Scherz.«

Hagen kam herbeigeeilt. »Sehen Sie das?«, rief er aufgebracht und deutete zum Steg hinüber.

Ruth nickte. »Das sieht verdammt echt aus«, konstatierte sie.

Anita prustete affektiert. »Meine Güte, sind Sie überspannt. Sie lassen wohl keine Gelegenheit aus, sich in Szene zu setzen, was?«

»Kommen Sie mit«, wies Ruth ihren Partner an. Kurz besann sie sich und warf Felix einen besorgten Blick zu, der aber gab ihr mit einem matten Winken zu verstehen, dass er allein zurechtkam und sie sich um diese besorgniserregende Angelegenheit kümmern sollte.

Als Ruth sich abwandte und davoneilte, sah sie, wie Anita sich neben Felix setzte und ihm mitfühlend einen Arm um die Schultern legte. Die Hauptkommissarin musste einiges an Selbstbeherrschung aufbringen, um diese Übergriffigkeit ebenso auszublenden wie Anitas zuletzt geäußerte abfällige Bemerkung.

»Was haben Sie vor?«, fragte Hagen, während er neben Ruth herschritt.

»Nachsehen, was es mit dem Erhängten auf sich hat«, sagte sie und steuerte auf Frank Fixlmillner zu, der rührend um die Frau besorgt war, mit der er eben noch getanzt hatte.

»Sie müssen sofort Ihr Geburtstagsgeschenk aktivieren«, forderte Ruth den Rechtsmediziner auf. »Es muss dringend was überprüft werden«, setzte sie hinzu und deutete zum Schiffsanleger hinüber.

Fixlmillner sah in die angegebene Richtung – und sprang im nächsten Moment wie von der Tarantel gestochen auf. »Das ist nicht wirklich ein Mensch, der da hängt, oder?!«, rief er entgeistert.

»Genau das wollen wir klären«, drängte Ruth. »Und dafür benötigen wir Ihre Drohne!«

*

Ruth schickte Hagen ins Steuerhaus, damit er Peet Willems anwies, die Maschinen zu stoppen. Solange nicht geklärt war, was es mit der Gestalt am Kranhaken auf sich hatte, sollte die STÖRTEBECKER die Fahrt unterbrechen.

Frank Fixlmillners Hände zitterten leicht, während er die Fernsteuerung der Drohne bediente. Er blinzelte; dem Flug des Minicopters mit den Blicken zu folgen, schien ihn anzustrengen.

»Ist Ihnen nicht gut?«, fragte Ruth besorgt, die dicht neben ihm stand, damit sie den Bildschirm der Fernsteuerung einsehen konnte.

»Ich habe Bauchkrämpfe«, antwortete er verbissen.

»Sie also auch?« Ruth schüttelte mit finsterer Miene den Kopf. »Da muss etwas Verdorbenes auf den Tellern des Buffets gelegen haben!«

»Das befürchte ich ebenfalls.« Fixlmillners Bauch gab ein vernehmliches Gurgeln und Gluckern von sich. Er verzog schmerzhaft das Gesicht, und für einen Moment geriet die Drohne ins Trudeln. Hastig korrigierte der Rechtsmediziner die Einstellung der Steuerstäbe und stabilisierte die Flugbahn seines Geburtstagsgeschenks.

»Der Kran müsste jetzt eigentlich auf dem Bildschirm zu sehen sein«, sagte er angespannt.

Ruth sah auf den Monitor und nickte. »Noch ein Stück weiter nach links«, sagte sie. »Und jetzt noch ein bisschen höher … Stopp!« Scharf sog sie Luft zwischen den Zähnen ein. Das Objektiv der Drohnenkamera hatte jetzt den Kopf der erhängten Person im Visier. Sie blickte in das wettergegerbte, faltige Antlitz eines alten Mannes, dem ein Knebel im Mund steckte. Trotz der weit aufgerissenen Augen, die starr und blicklos vor sich hin stierten, war dem Gesicht anzusehen, dass dieser Mann ein erfülltes Leben gehabt haben musste und ihm stets der Schalk im Nacken gesessen hatte. Die verschmitzten Krähenfüße in den Augenwinkeln und die ausgeprägten Lachfalten nahmen dieser Totenfratze jeden Schrecken.

»Das ist ein Mensch, ohne Zweifel«, stellte Fixlmillner fest, als er einen kurzen Blick auf den Bildschirm warf. »Ein Selbstmörder womöglich?«

27

Ruth schüttelte den Kopf. »Der Mann ist geknebelt und an Händen und Füßen gefesselt. Er ist hingerichtet worden!«

»Mord?«, sagte Hagen, der Ruths Bemerkung im Näherkommen aufgeschnappt hatte.

Die Hauptkommissarin nickte, während sie sich Hagen zuwandte. »Kehren Sie ins Steuerhaus zurück, und sagen Sie Herrn Willems, dass er mit der STÖRTEBEKER am Steg dort drüben anlegen soll.«

In diesem Moment wankte Max Engel an ihnen vorbei, lehnte sich über die Reling und erbrach sich geräuschvoll.

»Und rufen Sie einen Notarzt«, ergänzte Ruth daraufhin. »Ich fürchte, wir haben etliche Kollegen mit Lebensmittelvergiftung an Bord!«

Kapitel 3

»Ein Fiasko!« Frank Fixlmillner, der an Ruths Seite auf dem Anleger stand und wie verloren vor sich hin blickte, schüttelte betrübt den Kopf. »Meine Geburtstagsparty endet in einem Fiasko!« Fröstelnd zog er die Wolldecke, die ein Sanitäter ihm um die Schultern gelegt hatte, enger um seinen Oberkörper. Dabei schaute er betreten dem Rettungswagen hinterher, der mit eingeschaltetem Blaulicht soeben vom Pier rollte. Kaum hatte der Wagen das offen stehende Tor passiert, nahm er Fahrt auf und raste mit heulender Sirene davon. »Gesas Zustand ist kritisch«, jammerte Frank. »Am Ende wird sie noch sterben!«

»So schlimm wird es schon nicht kommen«, begütigte Ruth.

»Der Verzehr von verdorbenem Fisch kann zu schwerwiegenden gesundheitlichen Problemen führen«, erwiderte Fixlmillner aufgebracht. »Lebensbedrohliche Komplikationen sind nicht auszuschließen. Wir wissen nicht, welche Bakterien, Viren oder Toxine mein Geburtstagsbuffet enthalten hat.« Anklagend deutete er zum Ausflugsschiff hinüber, das am Steg festgemacht war. »Fast alle meine Gäste haben eine Lebensmittelvergiftung oder eine Infektion davongetragen!«

Ruth presste hart die Lippen aufeinander. Sie hätte Frank gerne ein paar tröstende Worte gespendet, aber ihr fielen keine mehr ein.

Auf Höhe der STÖRTEBEKER parkten zwei weitere Rettungswagen auf dem Steg. Die Sanitäter und der Notarzt befanden sich an Bord. Sie hatten alle Hände voll damit zu tun, die erkrankten Partygäste zu versorgen.

Wie sich herausstellte, gab es nur fünf Personen, die nicht von dem verdorbenen Fisch gegessen hatten. Zu denen gehörten unter anderem Peer und Eike Willems, die, wie sie sagten, aus Prinzip nichts von dem aßen, was für die Gäste ihres Ausflugsschiffs vorgesehen war. Hagen und Ruth waren ebenfalls verschont geblieben, weil sie nichts gegessen hatten. Bei der fünften Person handelte es sich ausgerechnet um Anita Schadel. »Ich verzehre keinen Fisch«, klang Ruth die Erklärung der Kommissarin noch im Ohr. »Mir schmecken Meeresbewohner nun einmal nicht. Ich verabscheue den Geschmack sogar!« Jetzt ging Anita gemeinsam mit den Willems den Sanitätern zur Hand, verteilte Spucktüten oder versorgte ihre Kollegen mit frischem Wasser.

»Sie sollten auch an Bord gehen«, riet Ruth dem Rechtsmediziner, der gerade seinen Bauch knetete und dabei verhalten stöhnte. »Sie können hier momentan sowieso nichts ausrichten.«

Fixlmillner nickte zerknirscht, woraufhin Ruth Hagen herbeiwinkte, der den kürzlich eingetroffenen Emder Streifenpolizisten dabei geholfen hatte, den Anleger mit Absperrband zu sichern. Inzwischen hatten sich nämlich ein paar Schaulustige eingefunden, die davon abgehalten werden mussten, den Steg zu betreten.

Hagen eilte herbei. »Haben Sie es sich doch anders überlegt?«, fragte er im Näherkommen. »Soll ich den Kran hinaufklettern, den Leichnam untersuchen und mich nach verdächtigen Spuren umsehen?«

Ruth schüttelte vehement den Kopf. »Das ist zu gefährlich. Es bleibt dabei: Wir warten, bis der Kranführer eintrifft!«

Hagen verzog enttäuscht das Gesicht.

»Sie geleiten Herrn Fixlmillner an Bord der STÖRTEBEKER«, bestimmte Ruth. »Und schauen Sie, ob Sie sich an Deck irgendwie nützlich machen können.«

Hagen nahm den Rechtsmediziner beim Arm und führte ihn auf das Ausflugsschiff zu. Fixlmillner war so wackelig auf den Beinen, dass Hagen einiges an Kraft aufwenden musste, um ihn zu halten. Schwer stützte sich der Rechtsmediziner auf dem Handlauf der Verbindungsbrücke ab und verschwand gemeinsam mit Hagen schließlich im Schiff.

Ruth taten ihre Emder Kollegen unendlich leid. Fast die gesamte Belegschaft der Kripo, den Staatsanwalt miteingeschlossen, war wegen des verdorbenen Fischs lahmgelegt worden.

Besorgt beobachtete sie, wie zwei Sanitäter jetzt eine Trage die Rampe hinabtrugen. Darauf lag Michaela Benning von der Spurensicherung. Die Frau wurde in einen Rettungswagen verfrachtet, der sich kurz darauf mit kreiselndem Blaulicht in Bewegung setzte, um die Patientin so schnell wie möglich ins nächstgelegene Krankenhaus zu transportieren.

»Ein Fiasko, fürwahr«, murmelte Ruth beklommen und richtete den Blick dann zum Kran empor. Noch immer baumelte der Leichnam oben am Haken, drehte sich langsam an seinem Strick. Der leblose Körper war jetzt gut sichtbar, denn der Dunst hatte sich inzwischen gänzlich verzogen. Bald würde womöglich die Sonne durchbrechen, sodass die Lichtverhältnisse für die Schaulustigen, die ein Handyfoto schießen wollten, noch günstiger wurden.

Ruth missfiel es genauso wie Hagen, dass der Tote noch immer dort oben hing und nicht längst geborgen worden war. Der Leichnam konnte allerdings nur vom Haken genommen werden, wenn dieser zuvor auf den Boden herabgelassen worden war. Und dafür bedurfte es einer geschulten Person, die den Kran zu steuern vermochte. Hagen hätte es zweifelsohne versucht, den Kranarm hochzuklettern und den bedauerlichen Burschen da oben vom Haken zu nehmen. Diese Aktion war Ruth jedoch viel zu riskant erschienen, darum hatte sie es Hagen verboten. Stattdessen hatte sie ihm aufgetragen herauszufinden, wer diesen Schiffsanleger betrieb und einen Kranführer herbeizitieren konnte. Eine Aufgabe, die Hagen mithilfe seines Smartphones und des Internets binnen weniger Minuten erledigt hatte. Nur ließ der Kranführer leider noch auf sich warten.

Vor dem Absperrband entstand jetzt Unruhe. Die uniformierten Polizisten redeten mit einer Person und ließen diese dann unter Protest der Schaulustigen passieren. Eine Frau im blauen Overall trat mit forschem Schritt auf die Hauptkommissarin zu. Sie hatte einen gelben Sicherheitshelm unter den Arm geklemmt und schüttelte ihre roten Locken. Nur kurz richtete sie den Blick nach oben zum Erhängten. Dabei verzog sie keine Miene.

»Flora Petsch«, stellte sie sich vor, nachdem sie sich breitbeinig vor Ruth hingestellt hatte. »Sind Sie die leitende Ermittlerin?«

»Momentan ja«, gab Ruth zurück und stellte sich der Frau vor.

»Mein Chef hat mir erzählt, was hier los ist«, sagte Flora daraufhin. »Ziemlicher Schlamassel, wenn Sie mich fragen. Hätte mir niemals träumen lassen, dass jemand meinen Kran mal als Mordwerkzeug missbrauchen könnte.«

»Ich wäre Ihnen sehr verbunden, wenn Sie uns so schnell wie möglich dazu verhelfen könnten, diesen armen Burschen zu bergen.«

»Klar, mach ich.« Flora setzte den Helm auf und stolzierte auf den Kran zu. Flink wie ein Affe schwang sie sich die Leiter zum Führerhäuschen empor. Sie sperrte auf und ließ sich kurz darauf in den gut gefederten Sitz fallen. Nur wenige Augenblicke später sprang der Motor an und der Kran schwenkte herum. Flora ging dabei so behutsam vor, dass der am Haken hängende Leichnam kaum ins Schaukeln geriet. Als der Kranarm nicht länger über dem Wasser

31

ragte, sondern sich hoch über Ruths Kopf erhob, ließ Flora den Haken langsam herab.

*

Als Hagen bemerkte, dass sich der Kran in Bewegung gesetzt hatte, beeilte er sich, die STÖRTEBEKER zu verlassen. Den Blick nach oben gerichtet, ging er zu seiner Chefin hinüber und stellte sich neben sie.

Gemeinsam packten sie den Toten, als dieser sich in Griffweite befand, und betteten ihn behutsam auf den kalten Betonboden des Stegs. Da der Polizeifotograf an Bord des Ausflugsschiffes derzeit gegen Magenkrämpfe und Übelkeit kämpfte, übernahm es Ruth, Aufnahmen von der Leiche zu schießen, wobei sie sich ihres Handys bediente. Hagen nahm den Toten unterdessen genauer in Augenschein.

»Ich glaube, ich kenne diesen Mann«, sagte er. »Wenn mich nicht alles täuscht, ist das Derek Lopper. Er ist Fischer und ein Greetsieler Urgestein. Soviel ich weiß, ist er bis zuletzt mit seinem kleinen Boot zum Fischen hinaus aufs Meer gefahren.«

Ruth hielt im Fotografieren inne. »Ein einfacher Einwohner Greetsiels wird auf einem Schiffsanleger an der Knock ermordet und dabei spektakulär an einem Kranhaken aufgeknüpft? Das ist mehr als nur seltsam.«

Hagen kniete neben dem Toten hin und untersuchte die Fesseln. »Die Hand- und Fußgelenke weisen starke Abschürfungen und Einschnürungen auf. Er muss über einen längeren Zeitraum gefesselt gewesen sein, bevor er starb.« Er durchsuchte die Taschen des Opfers und förderte schließlich ein abgewetztes Portemonnaie zutage. Es befanden sich nur einige wenige Euro darin, und ein Personalausweis, der auf den Namen Derek Lopper ausgestellt war. »Er ist es wirklich«, sagte Hagen, als er Ruth den Ausweis überreichte.

»Finden Sie heraus, ob er Verwandte hatte«, wies Ruth ihren Partner an.

Flora Petsch kletterte aus dem Führerhäuschen und schlenderte auf die Kommissare zu. Dass sie sich womöglich am Anblick des Toten störte, ließ sie sich mit keiner Miene anmerken. »In knapp einer Stunde erwarte ich mehrere LKW«, sagte sie. »Sie sind mit Bauteilen

32

für Windkrafträder beladen. Die muss ich mit meinem Kran auf die BÜNTE umladen.«

»BÜNTE?«, echote Hagen.

»So heißt der Frachter, der die Bauteile zum Offshore-Windpark in der Nähe von Borkum transportiert«, erklärte Flora. »Er wird in Kürze hier einlaufen.«

Ruth schüttelte den Kopf. »Auf diesem Anleger kann zurzeit nicht gearbeitet werden. Es handelt sich um einen Tatort. Umfangreiche Spurensicherungen müssen durchgeführt werden.«

»Warum sind Ihre Kollegen der Spurensicherung denn nicht längst vor Ort?«, fragte Flora entnervt.

»Sind sie«, gab Hagen trocken zurück und deutete auf das Ausflugsschiff. »Nur haben die sich leider kürzlich eine Lebensmittelvergiftung zugezogen.«

*

Der Kleinbus, der die Geburtstagsgesellschaft nach Greetsiel gebracht hatte, traf zur gleichen Zeit auf dem Schiffsanleger ein wie der Leichenwagen des Bestattungsunternehmens, das herbeigerufen worden war, um den Ermordeten nach Emden in die Pathologie zu transportieren. Eine Pathologie, die momentan allerdings nur mit einem Assistenten besetzt war, da der leitende Rechtsmediziner mit Durchfall und Erbrechen kämpfte.

Ruth schwirrte ein wenig der Kopf, weil sie sich um viele Dinge gleichzeitig kümmern musste. Hagen und Anita taten zwar ihr Bestes, um sie zu unterstützen, dennoch machte sich das Fehlen der Emder Kollegen deutlich bemerkbar. Arbeiten, die die Spezialisten sonst erledigt hatten, mussten die drei Kriminalisten nun allein stemmen.

Gemeinsam mit Flora Petsch kletterte Hagen den Kranarm hinauf, um sich nach Spuren umzusehen. Anita begab sich unterdessen in das Restaurant »Am Knocksand«, um herauszufinden, ob es unter den dort Beschäftigten eventuell Augenzeugen gab.

Während dies geschah, informierte der Notarzt Ruth darüber, dass er sich gezwungen sah anzuordnen, sämtliche Partygäste, die vom Buffet gegessen hatten, zur Beobachtung ins Krankenhaus einzuweisen. Alle litten an denselben Symptomen, wenn auch in unterschiedlicher Ausprägung. Allerdings war keiner der Betroffenen körperlich

33

in der Lage zu arbeiten. Zuletzt hatten sich auch Felix und Frank geschlagen geben müssen. Gemeinsam mit ihren Kollegen ließen sie sich von den Sanitätern in den Kleinbus geleiten. Als Letztes stieg der Notarzt hinzu, der seine Patienten während der Fahrt ins Krankenhaus nicht unbeaufsichtigt lassen wollte.

Ruth rieb sich angespannt den Nacken, während sie dem davonfahrenden Kleinbus hinterhersah. Ihm folgte dicht der schwarze Leichenwagen, was, wie die Hauptkommissarin inständig hoffte, kein böses Vorzeichen war.

Eike Willems verließ mit hängenden Schultern das Ausflugsschiff und trottete auf Ruth zu. »Ich bin untröstlich«, jammerte sie. »Sowas wie heute ist uns noch nie passiert!« Sie zog ein Taschentuch aus ihrer Schürzentasche, schnäuzte geräuschvoll hinein und tupfte sich dann die Augen trocken. »Wir werden diesen vermaledeiten Fisch sofort beseitigen«, verkündete sie. »Nich, dass damit noch mehr Schaden angerichtet wird.«

»Das werden Sie schön bleiben lassen«, erwiderte Ruth streng. »Alles, was vom Buffet übriggeblieben ist, wird eingetütet und kommt ins Labor!«

»Frau Schadel meinte aber, es wäre sicherer, den verdorbenen Fisch rasch zu entsorgen.«

»Es ist mir egal, was meine Kollegin meint«, gab Ruth leicht ungehalten zurück.

Eike sah sie verstört an, Tränen rannen ihre fülligen Wangen hinab.

Ruth fuhr sich mit der Hand übers Gesicht und atmete einmal tief durch. »Entschuldigen Sie meine ruppigen Worte«, sagte sie. »Ich bin ein wenig angespannt.«

»Das ist auch nur zu verständlich«, sagte Eike weinerlich und bemühte einmal mehr ihr Taschentuch. »Ich bin ja selbst mit den Nerven runter.« Trotzig sah sie die Hauptkommissarin an. »An meinen Kochkünsten liegt es jedenfalls nicht, dass unsere Gäste alle krank wurden, das können Sie mir glauben!«

Ruth versuchte sich an einem freundlichen Lächeln. »Dies zu behaupten, liegt mir auch fern«, beteuerte sie. »Dennoch muss geklärt werden, was diese heftigen körperlichen Reaktionen meiner Kollegen ausgelöst hat.«

Eike nickte verstehend. »Dann werde ich mal zurück an Bord gehen und die Reste des Buffets in Tüten packen. Viel ist davon allerdings nicht übriggeblieben. Die Gäste hatten alle einen gesunden Appetit, und …«

»Ich muss Sie bitten, alles so stehen und liegen zu lassen, wie es ist«, unterbrach Ruth die Frau. »Alice Bergmann, unsere Streifenpolizistin, wird sich um alles kümmern. Ich habe sie vorhin angerufen. Sie wird in Kürze hier eintreffen.«

Eike furchte erzürnt die Stirn. »Glauben Sie etwa, ich würde heimlich etwas verschwinden lassen?«

»Ich glaube gar nichts«, erwiderte Ruth leicht unterkühlt. »Ich will einfach nur sichergehen, dass keine Fehler gemacht werden. Befolgen Sie also bitte meine Anweisungen.«

»Wie Sie wünschen.« Eike rümpfte die Nase. »Ich muss schon sagen, Ihre Kollegin Frau Schadel pflegt einen deutlich besseren Umgangston als Sie. Man merkt Ihnen schon noch an, dass Sie aus der Großstadt kommen, Frau Hauptkommissarin.«

»Das mag sein.« *Und wenn man vom Teufel spricht*, vervollständigte Ruth in Gedanken, als sie Anita sah, die soeben aus dem Flachdachgebäude trat und sich anschickte, die Böschung hinabzuschreiten.

»Da ist Ihre Kollegin ja auch schon!«, rief Eike erfreut. »Von der sollten Sie sich mal eine Scheibe abschneiden!«

Ruth seufzte innerlich schicksalsergeben und schaute dann den Kran hinauf, um zu sehen, was Hagen und Flora trieben. Die beiden hatten die kleine Plattform an der Spitze des Auslegers erreicht, und Hagen sah sich dort, auf allen vieren kriechend, aufmerksam um.

»Im Restaurant habe ich bloß eine Person angetroffen!«, rief Anita Ruth im Näherkommen zu, kaum dass sie den Pulk der Schaulustigen hinter sich gelassen hatte. »Einen gewissen Kemal Altuck, der dort als Kellner arbeitet.« Im großen Abstand zu Ruth blieb sie stehen und sah kurz zum Kran hinauf. »Das Restaurant öffnet erst in etwa einer Stunde«, fuhr sie dann fort. »Herr Altuck betrat das Gebäude eine halbe Stunde, bevor wir den am Kran hängenden Leichnam entdeckten, wie es scheint. Er hatte die Gestalt für irgendeine Spezialvorrichtung der Hebemaschine gehalten. Das Einzige, was ihm wirklich seltsam vorgekommen war, ist, dass das Tor einen Spaltbreit offen stand.«

Ruth nahm den Bericht mit einem Kopfnicken zur Kenntnis. Das Tor hatte sie vorhin bereits in Augenschein genommen und festgestellt, dass es gewaltsam aufgebrochen worden war. Sie wollte Anita

35

gerade bitten, Eike Willems an Bord zu begleiten und ihr dabei zu helfen, die Buffetreste zu sichern, als ein Streifenwagen kurz die Sirene aufheulen ließ. Die anwesenden Polizisten sorgten daraufhin dafür, dass die Schaulustigen den Weg für das Fahrzeug freimachten. Es handelte sich um einen VW-Polo, und am Steuer saß eine pummelige Uniformierte mit rotbraunem Haar. Sie stoppte das Auto auf halber Strecke zum Ausflugsschiff und stieg dann aus.

Ruth winkte Alice Bergmann zu, die den drei Frauen daraufhin ein fröhliches »Moin!« zurief.

Ruth ging der Greetsieler Streifenpolizistin entgegen und informierte sie über den Stand der Dinge. »Ich möchte, dass Sie an Bord der STÖRTEBEKER gehen und mit dem Schiff zurück nach Greetsiel fahren«, schloss sie. »Unterwegs sammeln Sie die Reste des Buffets ein. Ich will, dass der Fisch im Labor untersucht wird. In der Kombüse sollten Sie sich auch einmal umsehen.«

»Warum denn das?«, fragte Anita leicht verwundert, die zusammen mit Eike Willems unaufgefordert herangetreten war. »Gehen Sie etwa von einem Verbrechen aus?« Der Stimme der Kommissarin war deutlich anzuhören, dass sie eine solche Annahme für völlig überzogen hielt.

»Auf dieser Feier wurde fast die gesamte Belegschaft der Emder Kripo aus dem Verkehr gezogen«, erwiderte Ruth. »Da gebietet es allein schon die Sorgfaltspflicht, die Umstände dieser Vergiftung genauer zu untersuchen.«

»Als wenn ich ein Interesse daran hätte, der Polizei zu schaden!« Eike wedelte empört mit dem Taschentuch. »Eine Unverschämtheit, sowas auch nur zu denken. Ich bin eine ehrenhafte Köchin!«

»Dann haben Sie ja auch nichts zu befürchten«, gab Ruth begütigend zurück.

»Sie verdächtigen also die Fischer, von denen wir die Ware bekommen haben, dass sie die Emder Kripo ausschalten wollten?« Eike warf aufgebracht die Hände empor. »Sowas würde vielleicht den Leuten aus der Großstadt in den Sinn kommen, aber in Greetsiel …?«

Ruth drehte sich zu Alice um. »Sorgen Sie bitte dafür, dass die Speisereste gesichert werden«, wiederholte sie und hielt der Streifenpolizistin dann auffordernd die Hand hin. »Hagen und ich werden mit Ihrem Einsatzwagen nach Greetsiel zurückfahren, wenn wir hier fertig sind.«

Kommentarlos händigte Alice Ruth die Autoschlüssel aus. Anschließend hakte sie sich bei Eike unter und schob sie munter plaudernd auf das Ausflugsschiff zu. Mit wenigen unbeschwerten Worten brachte Alice es zustande, die Frau für sich einzunehmen und damit eine Atmosphäre zu schaffen, die es ihr später erleichtern würde, Ruths Anweisung umzusetzen. Ruth wusste, dass dieses Vorgehen nicht allein beruflichem Kalkül entsprang, sondern vielmehr Alice' natürlichem Wesen entsprach. Dennoch empfand sie in diesem Moment Hochachtung für ihre uniformierte Kollegin.

Anita schob missmutig die Hände in die Hosentaschen. »Ihre Arbeitsmethoden sind wirklich haarsträubend«, murrte sie. »So etwas hätten Egon und ich niemals ...«

»Ihr Partner gehört zu den Leidtragenden«, fuhr Ruth ihr ins Wort. »Für Sie eigentlich ein Grund mehr, diesen Vorfall restlos aufzuklären.«

»Da gibt es nichts aufzuklären!« Anita schüttelte mit finsterer Miene den Kopf. »Mich wundert, wie Hagen es mit Ihnen überhaupt aushält!«

»Ich fürchte, Sie werden sich an mich und meine Arbeitsweise vorerst gewöhnen müssen«, erwiderte Ruth. »Staatsanwalt Lindau hat mich wegen der besonderen Umstände nämlich damit beauftragt, den Mord an Derek Lopper aufzuklären.«

Anita blies die Wangen auf und ließ hörbar Luft entweichen. »Wäre das nicht eigentlich meine Aufgabe gewesen? Dieser Mord geschah im Zuständigkeitsbereich der Emder Kripo.«

»Das Mordopfer ist ein Einwohner Greetsiels«, hielt Ruth dagegen. »Und wenn schon!«

»Muss ich Sie erst daran erinnern, dass alle Kollegen, die seitens der Emder Kripo zur Klärung dieses Mordfalls hätten aufgeboten werden können, sich gerade auf dem Weg ins Krankenhaus befinden oder bereits dort eingeliefert wurden?«

»Von mir einmal abgesehen«, ergänzte Anita säuerlich. »Aber das fällt offenbar nicht ins Gewicht.«

Ruth verzog leicht einen Mundwinkel. »Wollten Sie diesen Mordfall denn etwa im Alleingang aufklären?«

Anita vergrub die Hände noch tiefer in den Hosentaschen, zog die Schultern hoch und schwieg.

»Sie werden mich und meinen Partner bei den Ermittlungen unterstützen«, stellte Ruth klar. »Auch dies geschieht auf Verlangen des Staatsanwalts.«

»Jaja. Hab schon begriffen!« Anita warf Ruth einen giftigen Blick zu. »Und was soll ich Ihrer Meinung nach als Nächstes tun? Vielleicht Kemal Altuck verhaften, weil Sie ihn für den Mörder halten?«

»Haben Sie denn Grund zu der Annahme, dass dieser Mann als Mörder infrage kommt?«

Anita verdrehte die Augen. »Mein Gott. Das war ironisch gemeint. Wenn Sie schon die Greetsieler Fischer und Eike Willems verdächtigen, die Polizei zu vergiften, warum dann nicht auch einen Kellner des Mordes bezichtigen, der zufällig einen Blick auf den Leichnam geworfen hat, ohne zu ahnen, worum es sich in Wahrheit handelt?«

Ruth furchte unwillig die Stirn. »Ich hoffe sehr, Sie können die Aversion, die Sie gegen mich hegen, schnell überwinden. Ansonsten werden Sie nämlich kaum etwas zur Klärung dieses Mordfalles beitragen können.«

Anita sah sie herausfordernd an. »Können Sie Ihre Abneigung gegen mich denn überwinden, Frau Hauptkommissarin?«

»Ich habe kein Problem mit Ihnen.«

Anita verschränkte die Arme. »Ach nee? Sie haben doch Angst, dass ich Ihnen Felix ausspannen könnte!«

»Ich wäre kaum mit Felix zusammengekommen, wenn ich je den Eindruck gehabt hätte, er könnte mich bei nächstbester Gelegenheit gleich wieder verlassen.«

Zornesröte schoss Anita ins Gesicht. »Sie … Sie sind sowas von …« Sie brach ab, denn Hagen kam aus Richtung des Krans auf sie zu.

»Ich bin mit der Hebemaschine jetzt durch«, sagte er leichthin. »Viel konnte ich dort oben allerdings nicht entdecken. Aber ein paar Fingerabdrücke habe ich sichern können.«

Der Motor der STÖRTEBEKER röhrte auf, und das Schiff löste sich vom Pier. Eike Willems wickelte das Tau auf, mit dem das Gefährt am Steg festgebunden gewesen war. Freudlos winkte sie den Kriminalisten zum Abschied zu.

»Frau Petsch will wissen, wann der Anleger von der Polizei denn nun freigegeben wird«, sagte Hagen mit erhobener Stimme, um den Lärm des Dieselmotors zu übertönen.

Ruth wandte sich an Anita. »Das werden Sie bestimmen«, sagte sie. »Sobald Sie die Beweisaufnahme hier für abgeschlossen halten, räumen Sie zusammen mit Ihren uniformierten Kollegen das Feld.«

»Und was werden Sie derweil tun?«, erkundigte sich Anita.

»Hagen und ich werden die traurige Aufgabe übernehmen und die Schwester von Derek Lopper über dessen Ableben informieren.«

»Enna Strobl und ihre Kinder sind die einzigen Hinterbliebenen des Mordopfers, und Enna wohnt ebenfalls in Greetsiel«, erläuterte Hagen. »Das habe ich vorhin herausgefunden.«

Anita nickte. »In Ordnung«, sagte sie schon ein wenig besser gelaunt und offensichtlich froh darüber, dass Ruth ihr die Verantwortung übertragen hatte und demnächst verschwinden würde.

Lange musste die Emder Kommissarin auf diesen Zeitpunkt nicht warten. Ruth warf Hagen die Autoschlüssel zu und verkündete, dass sie hier jetzt fertig wären. Kurz verabschiedeten sie sich bei ihrer Kollegin und wandten sich dem Streifenwagen zu.

»Wir bleiben in Kontakt«, rief Ruth Anita abschließend zu, bevor sie ins Auto stieg.

Anita zog eine Fratze. Was sie dann sagte, hörte Ruth schon nicht mehr, denn sie hatte die Wagentür energisch hinter sich zugezogen.

39

Kapitel 4

Enna Strobl wohnte in einem kleinen Einfamilienhaus in der Straße Lütje Hörn. Mit einer Astschere bewaffnet stutzte sie die Hecke, die das Grundstück zur Straße hin abtrennte, und schaute mit neugierig-freundlichem Gesichtsausdruck auf, als ein Streifenwagen in der Wegbiegung auftauchte. Das Gesicht der in die Jahre gekommenen Greetsielerin verfinsterte sich zunehmend, als sie gewahr wurde, dass der Wagen langsamer wurde, auf die Grundstückseinfahrt zurollte und dann stoppte.

Enna schob die Gartenschere hinter ihren Gürtel und fuhr sich mit den Fingern hastig durch das schütter gewordene graue Haar. »Wollen Sie etwa zu mir?«, rief sie den beiden Kriminalisten zu, die nun aus dem Wagen stiegen.

»Sind Sie Enna Strobl?«, fragte die Frau, von der Enna wusste, dass es sich um Kriminalhauptkommissarin Ruth Fasan handelte. Den jungen Mann an ihrer Seite kannte sie ebenfalls.

Sie nickte fahrig. »Ist irgendwas Schlimmes passiert?«

»Darüber würden wir gerne in Ruhe mit Ihnen sprechen«, sagte Hagen Reese.

Enna schüttelte abgehackt den Kopf. »Nein … ich will sofort wissen, was los ist!«, forderte sie. Ein feuchter Schimmer trat in ihre Augen und ihre Lippen zitterten. »Ist etwas mit meinen Kindern? Sie leben beide in Berlin und da …«

»Es geht um Ihren Bruder Derek Lopper«, erklärte Ruth.

Enna legte die Hand auf ihr Brustbein. Kurz wirkte sie erleichtert, doch dann machte sich erneut der Ausdruck von Sorge auf ihrem Gesicht breit. »Was ist mit ihm?«

»Sind Sie sich sicher, dass wir nicht besser ins Haus gehen sollten?«, erkundigte sich Hagen.

Enna zog unwillig die Augenbrauen zusammen. »Heraus damit: Was hat mein Bruder angestellt?«

»Wir müssen Ihnen leider mitteilen, dass Ihr Bruder nicht mehr am Leben ist«, sagte Ruth.

Enna sah die Kriminalisten verstört an. »Er ist tot?« Sie furchte die Stirn. »Offenbar ist er nicht friedlich entschlummert, sonst würden Sie jetzt nicht vor mir stehen, sondern unsere Hausärztin Frau Doktor Siemsen.«

»Derek Lopper wurde ermordet«, sagte Hagen bemüht neutral.

40

Enna klappte der Mund auf. »Ermordet?«, fragte sie ungläubig. »Aber ... wer sollte diesen gutmütigen Tropf denn ...«

Ein Mann kam hinter dem Haus hervor. Wie Enna so trug auch er Gartenarbeitskleidung, und sein Haar war ebenso grau wie das ihre. »Was ist denn los?«, rief er herüber. »Ist was mit den Kindern?«

»Nein, alles gut!«, rief Enna mit brüchiger Stimme zurück. »Es geht um Derek. Stell dir vor, er ist umgebracht worden!«

»Wie bitte?« Der Mann kam näher.

»Das ist Peter, mein Gatte«, stellte Enna ihn vor.

»Derek ist abgemurkst word'n«, sagte Peter Strobl perplex und schüttelte den Kommissaren dann nacheinander die Hand. »Wie kann das nur sein?«

»Derek hat nie einer Fliege was zuleide getan«, bekräftigte Enna weinerlich.

»Ein bisschen störrisch war er ja von jeher, dein Bruder«, wandte Peter ein.

»Aber deswegen macht man ihn doch nicht gleich tot!«, begehrte seine Frau auf.

Fragend sah Peter Ruth an. »Weiß man denn schon, wer's war?«

»Wir tappen noch im Dunkeln«, antwortete Hagen an Ruths Stelle.

»Sie können sich also nicht vorstellen, wer Derek ermordet haben könnte?«, hakte Ruth nach.

Enna schüttelte den Kopf und schniefte.

»Ne, eigentlich nicht«, sagte Peter. »Derek war ein Sturkopf. Hin und wieder ist er mit seinen Nachbarn aneinandergeraten. Aber nix wirklich Ernstes.«

»Seine Leiche wurde auf einem Kran entdeckt«, berichtete Hagen nun. »Auf dem Schiffsanleger unten am Strand an der Knock. Er hing ganz oben am Kranhaken.«

»Wie kommt er denn da hin?«, fragte Enna verstört.

Peter krauste die Stirn. »Dieser Steg ... werden da nich die Teile für die Windkraftanlagen draußen auf dem Meer verladen?«, fragte er gedehnt.

»Mithilfe ebendieses Krans«, bestätigte Hagen.

Peter sah seine Frau an. »Das ist allerdings seltsam«, sagte er.

»Inwiefern?«, hakte Ruth nach.

»Na, weil Derek ein erbitterter Gegner dieser Windkraftanlagen war«, erklärte Peter. »Er meinte, dass diese Windräder die Fischschwärme durcheinanderbringen.« Er zuckte mit den Schultern.

41

»Keine Ahnung, ob da was dran ist. Derek war jedoch fest davon überzeugt, dass es so ist. Geflucht hat er immer über diese Türme, wenn er nix gefangen hatte!«

Erneut fasste sich Enna ans Brustbein. »Glaubst du, Derek ist getötet worden, weil er gegen diese Offshore-Anlage gestänkert hat?«

Peter machte eine vage Handbewegung. »Wer weiß. Komisch ist es aber schon, dass man ihn da oben auf dem Kran abgemurkst hat.«

»Der Arme.« Enna wischte sich mit dem Handballen Tränen von den Wangen. »Dabei hatte er doch so schreckliche Höhenangst. Die letzten Momente seines Lebens müssen schlimm für ihn gewesen sein.«

Ruth warf Hagen einen warnenden Blick zu, um ihn davon abzuhalten, zu erwähnen, dass Derek über einen längeren Zeitraum hinweg gefesselt gewesen war. Sie hatte den Eindruck, dass Enna es nicht ertragen würde, zu erfahren, wie sehr ihr Bruder gelitten haben musste, bevor er sein Leben verlor. »Sie erwähnten Streit mit den Nachbarn«, wechselte sie das Thema.

Enna winkte ab. »Das war nichts Weltbewegendes. Bloß der übliche Kleinkram.«

»Dabei ging es manchmal auch um die Windkrafträder auf dem Meer«, erinnerte sich Peter. »Es gibt eben auch Befürworter dieser Energieerzeugung. Derek gehörte allerdings nicht dazu.«

»Es gab deshalb also Meinungsverschiedenheiten mit den Nachbarn«, sagte Hagen. »Können Sie uns bitte die Namen dieser Personen nennen?«

»Wenn's um die Windkrafträder ging, lag Derek sich eigentlich hauptsächlich mit Ingo Thiele in den Haaren«, berichtete Peter.

Enna seufzte. »Der Fischfang ist Derek über alles gegangen«, sagte sie schwermütig. »Und wenn er das Gefühl hatte, das ihm da jemand in die Parade fährt, konnte er ziemlich grantig werden. Durch den Bau von Windparks schwinden die Fanggebiete. Das hat ihn aus der Haut fahren lassen. Aber er hat bloß geschimpft. Handgreiflich ist er nie geworden.«

»Derek war richtiggehend verbissen, wenn es ums Fischen ging.« Peter schüttelte den Kopf. »Das hab ich nie verstanden. Sie müssen nämlich wissen, dass seine Frau draußen auf dem Meer während eines Sturms ums Leben kam, als sie mit Derek einmal fischen war. Sie ist ertrunken. Da war sie gerade mal sechsundzwanzig.« Er legte

42

Enna einen Arm um die Schultern. »Also, wenn die Nordsee mir meine Frau genommen hätte, würde ich das Meer hassen und nie wieder einen Fuß in ein Boot setzen. Derek war da ganz anders. Er ist erst recht hinausgefahren. Als hätte er noch 'ne Rechnung mit dem Blanken Hans offen. Ne andere Frau hat er sich auch nicht genommen. Dabei hätt's ihm sicher gutgetan, sich um eigene Kinder kümmern zu müssen. Dann wär ihm der Fischfang vielleicht auch nicht mehr so wichtig gewesen.«

Enna nickte. »Wie oft habe ich Derek gesagt, dass er mit dem Fischen endlich aufhören soll. Er war doch schon weit über siebzig, und trotzdem ist er regelmäßig mit seinem Boot raus.«

»Unsere Tiefkühltruhe ist voll mit Fisch, den Derek gefangen hat«, sagte Peter. »Zum Glück hat ihm manchmal jemand was abgekauft, sonst hätten wir gar nicht mehr gewusst, wohin damit.«

Ruth räusperte sich. »Nun … dann wollen wir mal …«, leitete sie den Versuch ein, sich von dem Paar zu verabschieden, das die Trauer um den ermordeten Angehörigen offenbar mithilfe eines Redeschwalls zu verarbeiten versuchte. Doch weder Enna noch Peter schienen für ihre Bemühung empfänglich, denn sie redeten unentwegt weiter.

»Hatte Derek seinen letzten Fang nicht sogar wieder an Peet Willems verkauft?«, fragte Peter seine Frau.

Ruth horchte auf, aber ehe sie ein Wort sagen konnte, fuhr Enna fort: »Ja, Peet benötigte Ware für einen Gruppenausflug. Jemand hatte seine STÖRTEBEKER für eine Geburtstagsfeier gebucht.«

»Sprechen Sie von dem heutigen Schiffsausflug?«, vergewisserte sich Ruth.

Enna seufzte. »Ja. In Zukunft wird sich Peet wohl nach einer anderen Bezugsquelle für sein Buffet umsehen müssen, nun da Derek nicht mehr am Leben ist.«

Ruth und Hagen tauschten einen raschen Blick. Dass sich zwischen diesem Mordfall und der Geburtstagsparty von Frank Fixlmillner eine Verbindung aufgetan hatte, überraschte sie beide.

»Können Sie uns mehr über diese letzte Fischlieferung Ihres Bruders erzählen?«, fragte Ruth zurückhaltend. »Hatte es sich um frische Ware gehandelt?«

»Was dachten Sie denn?«, stieß Enna empört aus. »Selbstverständlich war das fangfrischer Fisch. Derek war da sehr gewissenhaft.«

43

»Wann hatte Ihr Bruder die Bestellung denn geliefert?«, erkundigte sich Hagen in einem unverfänglichen Tonfall.

Enna sah fragend zu ihrem Mann auf. »Weißt du das?«

»Das muss gestern Abend gewesen sein«, sagte Peter nachdenklich. »Da habe ich Derek jedenfalls zuletzt gesehen.«

»Können Sie sich noch an die Uhrzeit erinnern?«, fragte Ruth.

»Es muss so um acht gewesen sein«, antwortete Peter. »Derek schipperte mit seinem kleinen Kahn vom Pier herüber, wo die Fahrgastschiffe festmachen. Dort hatte er die Lieferung Peet Willems wahrscheinlich gerade übergeben. Sein Boot hat er dann bei den Krabbenkuttern vertäut. Kurz darauf bin ich nach Hause gegangen. Was Derek anschließend noch getrieben hat, kann ich also nich sagen.«

Ruth nickte dem Mann dankend zu. »Das wär's dann fürs Erste«, nutzte sie die Gelegenheit für einen Abschied. »Gut möglich, dass wir Sie später noch einmal aufsuchen werden, wenn sich uns weitere Fragen auftun.« Sie wandte sich Enna zu. »Wir müssten uns im Haus Ihres Bruders mal umschauen. Haben Sie eventuell einen Zweitschlüssel?«

»Derek müsste einen Hausschlüssel bei sich gehabt haben«, sagte sie.

»Es wurde lediglich ein Portemonnaie bei ihm sichergestellt«, erwiderte Hagen.

Enna machte ein nachdenkliches Gesicht. »Das ist merkwürdig. Derek vergaß ständig sein Handy, aber ohne seinen Schlüsselbund ging er nicht aus dem Haus. Da war nämlich auch der Zündschlüssel für sein Boot dran.« Sie wandte sich ihrem Mann zu und bat ihn, ins Haus zu gehen und das von der Hauptkommissarin Verlangte zu holen.

»Derek war eine gute Seele«, sagte sie traurig, während Peter davontrottete. »Er mag seine Eigenheiten gehabt haben. Dennoch fällt es mir schwer, zu glauben, jemand könnte ihm deswegen nach dem Leben getrachtet haben.« Sie zuckte mit den Schultern. »Und dennoch muss es wohl so gewesen sein.«

»Wir tun alles, um den Mörder Ihres Bruders zu finden und seiner gerechten Strafe zuzuführen«, versprach Hagen.

Enna nickte tapfer. Kurz darauf tauchte ihr Mann wieder auf und händigte Ruth den Zweitschlüssel aus. Ruth und Hagen verabschiedeten sich bei dem Ehepaar und kehrten zu Alice' Streifenwagen

44

zurück. Ihr nächstes Ziel war die Inselstraße, wo sich das Wohnhaus von Derek Lopper befand.

*

Das kleine Friesenhaus und das dazugehörige Grundstück sahen leidlich gepflegt aus. Derek Lopper war offenkundig ein Rentner gewesen, der auf die Pflege seines Eigenheims nicht allzu viel Zeit verwendet hatte. Vernachlässigt sah sein Besitz dennoch nicht aus. Das Gebäude war gut in Schuss; darum fiel den beiden Kriminalisten auch sofort ins Auge, dass mit der Eingangstür etwas nicht stimmte. Das Schloss war beschädigt und das Türblatt saß nicht ganz akkurat in der Zarge.

»Da hat sich offenbar jemand gewaltsam Zutritt verschafft«, konstatierte Hagen und zog sich vorsorglich Einmalhandschuhe und Schuhüberstreifer an.

Ruth tat es ihrem jüngeren Kollegen gleich. »Die Zweitschlüssel werden wir wohl gar nicht brauchen«, sagte sie, während sie dann mit ausgestreckten Fingern gegen die Tür drückte und diese mit einem vernehmlichen Knarren aufschwang.

Hagen zog seine Dienstwaffe und schob sich an Ruth vorbei in den Hausflur. Mit vorgehaltener Pistole huschte er von einem Zimmer ins andere, eine Angelegenheit, die schnell erledigt war, da das Erdgeschoss lediglich aus vier Räumen bestand. »Sauber«, sagte er und eilte die Holztreppe hinauf.

Ruth, die den Blick durch den Flur schweifen ließ, entdeckte in einer Zinnschale, die neben einem alten Schnurtelefon auf einem Schuhschrank stand, einen Schlüsselbund. Daneben lag ein Handy.

»Hier oben ist auch niemand!«, rief Hagen die Treppe herunter. »Sie sollten jedoch mal hochkommen und sich das ansehen!«

Ruth spähte flüchtig in die Zimmer im Erdgeschoss, ehe sie sich der Stiege zuwandte und die Stufen erklomm. Die Räume, in die sie zuvor geblickt hatte, waren unspektakulär eingerichtet, aber ordentlich und sauber gewesen. Spuren eines Kampfes hatte sie dort nicht ausmachen können.

Hagen stand vor einer offenen Tür und steckte die Waffe zurück ins Holster. »Das Schlafzimmer«, sagte er und deutete mit einem Kopfnicken in den Raum.

45

Ruth ahnte sofort, was ihr Partner an diesem Zimmer so außerge-wöhnlich fand: Es war das einzige, in dem eine wüste Unordnung herrschte, während die übrigen Räume eher so aussahen, als würden sie kaum genutzt. Die Bettdecke war halb auf den Boden gerutscht und eine Wärmflasche schaute unter dem Fußende hervor. Auf dem Kissen lag wie hastig hingeworfen ein weißes Nachthemd. Die Türen des Bauernschranks standen weit offen. Davor lagen etliche Klei-dungsstücke verstreut.

»Es ist unordentlich hier, sieht aber nicht wirklich so aus, als hätte es einen Kampf gegeben«, stellte Ruth fest.

Hagen nickte. »Ein überhasteter Aufbruch zur nachtschlafenden Zeit?«, vermutete er.

»Wenn, dann vermutlich ein unfreiwilliger«, setzte Ruth hinzu und deutete auf ein auf dem Nachttisch stehendes Wasserglas. Eine Prothese, die links und rechts des Kiefers einige Backenzähne ersetzen sollte, schwamm darin.

»Derek Lopper lässt also Schlüsselbund und Zahnprothese zurück, als er das Haus verlässt«, sinnierte Hagen. »Und dann noch diese Einbruchspuren ...« Er furchte die Stirn. »Für mich stellt sich das Geschehen in etwa so dar: Jemand dringt nachts gewaltsam in das Haus ein, reißt Derek Lopper aus dem Schlaf, zwingt ihn, sich rasch anzuziehen, und bringt ihn dann nach draußen.«

»Das alles geht so schnell, dass Derek nicht mehr dazu kommt, sich die künstlichen Zähne in den Mund zu stecken oder nach seinem Schlüssel zu greifen«, vervollständigte Ruth.

»Er ist entführt worden«, konstatierte Hagen. »Wahrscheinlich war der Einbrecher bewaffnet, sodass es Derek nicht in den Sinn kam, sich zu widersetzen.« Hagen riss plötzlich den Kopf herum und lauschte. »Da ist jemand im Haus!«, zischte er und zog seine Pistole.

»Hallo!?«, schallte von unten ein Rufen herauf. »Ist hier jemand?«

Ruth drückte Hagens Arm herunter, sodass der Lauf seiner Waffe zu Boden zeigte. »Polizei!«, rief sie. »Wer sind Sie und was haben Sie hier zu suchen?«

Ein Mann tauchte unten bei der Treppe auf und schaute nach oben. Er wirkte wohlgenährt und hatte ein gepflegtes Aussehen. Sein weißblondes Haar war rappelkurz und der Anzug, den er trug, hatte einen eleganten Schnitt. »Ich ... wollte nur nach dem Rechten sehen«, sagte er leicht eingeschüchtert, wobei sein Blick auf der Waffe in Hagens Hand ruhte.

»Wer sind Sie?«, wiederholte Ruth ihre Frage und schritt die Treppe hinab.

»Ingo Thiele ist mein Name.« Er deutete mit dem Daumen über die Schulter. »Ich wohne drüben im Nachbarhaus.«

Ruth hielt dem Mann kurz ihren Dienstausweis unter die Nase. »Das trifft sich gut. Wir wollten uns sowieso mit Ihnen unterhalten.«

Der Mann zog die Stirn in Falten. »Ich bin nur rüber, weil ich gesehen hatte, dass Dereks Haustür offen stand ... und weil ein Streifenwagen in seiner Einfahrt steht.« Er wich zurück, da nun auch Hagen die Treppe hinunterkam. »Wo ist Derek denn überhaupt?«

»Ihrem Rufen nach zu urteilen, waren Sie offenbar nicht davon ausgegangen, Ihren Nachbarn hier anzutreffen«, merkte Hagen an.

»Ich wollte mich nur irgendwie bemerkbar machen«, erwiderte Thiele leichthin. »Aber Sie haben recht: Es wäre nicht verwunderlich, wenn Derek nicht im Haus wäre. Meist ist er nämlich mit seinem Boot draußen auf dem Meer.«

Ruth bedeutete dem Mann mit einer Geste, das Haus zu verlassen. »Wann haben Sie Herrn Lopper denn zuletzt gesehen?«, fragte sie, während sie ihm zur Tür folgte.

»Ich?« Thiele drehte sich halb zu der Hauptkommissarin um, während er über die Schwelle nach draußen trat. »Also ... das war wohl gestern Abend gewesen.« Er nickte, als würde er sich jetzt genau erinnern. »Ich habe mit einigen meiner Hausgäste draußen einen Plausch abgehalten. Es muss so etwa um neun Uhr gewesen sein. Ich sah, wie Derek auf seine Bleibe zuging. Ich winkte ihm zu.« Thiele verzog leicht das Gesicht. »Aber er war anscheinend mal wieder nicht gut auf mich zu sprechen, denn er erwiderte meinen Gruß nicht, sondern verschwand wortlos im Haus.«

Ruth sah zum Nachbargebäude hinüber, ein stattliches, modernes Anwesen, dafür ausgelegt, mehrere Gästefamilien zu beherbergen. Die auf dem Vorplatz parkenden Fahrzeuge mit ortsfremden Kennzeichen ließen vermuten, dass die Apartments wohl alle belegt sein dürften.

»Ist Ihnen in der vergangenen Nacht etwas Ungewöhnliches aufgefallen?«, richtete Hagen eine Frage an den Mann. »Oder Ihren Gästen womöglich?«

Thiele zuckte mit den Schultern. »Es war alles ruhig«, sagte er. »Ich habe allerdings einen gesunden Schlaf. Mich reißt nichts so leicht aus meinen Träumen. Wenn irgendetwas gewesen wäre, hätten meine

47

Gäste mir oder meiner Frau sicherlich davon berichtet. Es gab allerdings keinerlei Beschwerden.« Er schielte auf das zerstörte Türschloss. »Ist bei Derek denn eingebrochen worden?«

»Wir werden unsere Kollegin Alice Bergmann nachher vorbeischicken, um Ihre Gäste zu befragen«, verkündete Ruth.

»Wollen Sie mir denn nicht sagen, was vorgefallen ist?«

Ruth und Hagen tauschten einen raschen Blick. Doch Ruth gab ihrem Partner mit einem knappen Kopfschütteln zu verstehen, vorerst nicht zu viel zu verraten. »Offenbar ist das Verhältnis zu Ihrem Nachbarn nicht das beste«, sagte sie stattdessen an Ingo Thiele gerichtet.

Dieser hob bedauernd eine Schulter. »Ja, leider. Er ist ein ziemlich eigenbrötlerischer Mensch und ein wenig verschroben. Aber dennoch liebenswert.«

»Sie und Herr Lopper haben unterschiedliche Ansichten, was die Offshore-Anlagen betrifft«, half Ruth dem Mann ein wenig auf die Sprünge.

»Hm, ja.« Thiele bewegte abwiegelnd den Kopf. »Er ist nicht der Einzige, der dieser modernen Energiegewinnung kritisch gegenübersteht. Ich hingegen befürworte sie ausdrücklich.«

Ruth nickte Hagen auffordernd zu, woraufhin dieser übergangslos sagte: »Derek Lopper ist vergangene Nacht ermordet worden. Der genaue Zeitpunkt dieser Tat ist uns noch nicht bekannt, allerdings …«

Hagen hielt inne, denn Ingo Thiele taumelte wie von einem Schlag getroffen zurück. »Wie bitte?«, brachte er tonlos hervor. »Das … ist ja entsetzlich!«

»Wir stehen noch am Anfang unserer Ermittlungen«, sagte Ruth. »Es scheint jedoch, dass Derek Loppers Tod mit den Offshore-Anlagen zu tun haben könnte. Wir werden daher überprüfen müssen, ob Sie tatsächlich die ganze Nacht schlafend in Ihrem Bett verbracht haben.«

Ingo Thiele starrte die Ermittler entgeistert an. »Verdächtigen Sie mich etwa, meinen Nachbar umgebracht zu haben. Und warum? Weil ich eine kleine Meinungsverschiedenheit mit ihm hatte? Das ist doch wohl nicht Ihr Ernst!«

»Wir tun nur unsere Arbeit«, gab Ruth gelassen zurück. »Und nun entschuldigen Sie uns bitte. Wir haben zu tun.« Mit diesen Worten bedeutete sie ihrem Partner, ihr ins Haus zu folgen. Ingo Thiele stand noch einen langen Moment wie benommen da, bis er sich einen Ruck gab und hinüber zu seinem Anwesen ging.

*

»Die Nachricht über den Tod seines Nachbarn hat Herrn Thiele offenbar tief getroffen«, sagte Hagen, der das Fortgehen des Mannes vom Küchenfenster aus beobachtete.

»Womöglich ein bisschen zu tief«, merkte Ruth neutral an. Sie sah sich aufmerksam um und stellte einmal mehr fest, dass Derek Lopper einen einfachen, aber sauberen Haushalt geführt hatte.

Hagen wandte sich ihr zu. »Fanden Sie sein Verhalten denn verdächtig?«

Ruth zuckte vage mit den Schultern. »Er und Derek Lopper waren sich nicht sehr grün. Von daher verwundert mich seine Reaktion schon ein wenig.«

»An seinem Benehmen kam mir nichts falsch vor«, gab Hagen zu bedenken.

Ruth deutete um sich. »Konzentrieren wir uns darauf, nach verdächtigen Spuren zu suchen. Wir können nicht darauf bauen, dass Kollegen der Spurensicherung uns unterstützen werden, solange nicht absehbar ist, wann sie von der Fischvergiftung genesen werden.«

Hagen nickte freudlos. »Ich schätze mal, der Entführer wird Handschuhe getragen haben. Dennoch werde ich mich oben im Schlafzimmer mal nach Fingerabdrücken umsehen.« Er seufzte. »Alice müsste in ihrem Wagen eigentlich ein Set für die Sicherung von Fingerprints vorrätig halten.«

Ruths Magen gab plötzlich ein hohles, vernehmliches Gluckern von sich. Hagen sah sie voller Sorge an. »Gehen bei Ihnen die Symptome jetzt etwa auch los?«, fragte er bestürzt.

Ruth strich sich über den Bauch und schüttelte den Kopf. »Das ist bloß der Hunger, der sich bei mir bemerkbar macht. Ich habe den ganzen Tag noch nichts gegessen.«

Hagen schmunzelte. »Sie machen auf mich nicht den Eindruck, als wären Sie gewillt, mit der Nahrungsaufnahme bis zum Sonnenuntergang zu warten, wie ich es tun werde.«

Ruth verzog das Gesicht. »Das würde ich nicht überleben«, scherzte sie trocken. »Ich werde unten im Hafen nachher etwas essen.« Sie wedelte mit der Hand. »Und nun sputen Sie sich. Ich will nicht den Rest des Tages damit verbringen, in diesem Haus herumzugeistern und nach Spuren zu suchen!«

*

Es war später Nachmittag, als Ruth endlich die Gelegenheit erhielt, im Hafen von Greetsiel das nagende Hungergefühl in ihren Eingeweiden zu bekämpfen. Den Teller voller Pommes Frites und Backfisch in der einen und in der anderen Hand eine Flasche alkoholfreies Bier suchte sie einen der Stehtische auf, die trotz der kühlen Witterung vor dem Lokal unter einem ausladenden Zeltdach aufgestellt worden waren. Die Terrasse war leicht erhöht, sodass sich der sich anschließende Pier mit den daran vertäuten Krabbenkuttern gut überblicken ließ. Es begann bereits zu dunkeln, und die Luft war feucht und frisch. Dennoch schlenderten etliche Touristen die Reihe der bunten Kutter entlang und bestaunten die Fangnetze, die an den hochgeklappten Auslegern herabhingen.

Ruth stopfte sich eine Gabel voll Backfisch in den Mund und kaute genießerisch. Wohlig schloss sie die Augen und spürte dem Wohlbehagen nach, das sich nun langsam in ihrem Magen ausbreitete.

Als sie die Augen öffnete, erblickte sie einen Mann, der sich zielstrebig ihrem Tisch näherte. Auf seinem Tablett befanden sich ein mit Aal belegtes Brötchen und ein Glas Cola.

»Darf ich mich zu Ihnen gesellen, Frau Kriminalhauptkommissarin?«, fragte er freundlich und mit einer nicht zu überhörenden Prise Verschmitztheit gewürzt.

Erst jetzt erkannte Ruth den Mann wieder. Das dunkle Haar trug er ein wenig länger als bei ihrer letzten Begegnung vor zwei Jahren, und sein Anzug wirkte um einiges teurer als das Modell, an das Ruth sich erinnerte. Die schattigen Pigmentflecke um die Augen des Maklers waren jedoch unverändert.

»Herr Moritz Saferies«, sagte sie erfreut und deutete einladend vor sich auf den Tisch. »Aber bitte, kommen Sie ruhig her. Es ist noch genug Platz vorhanden.«

Moritz stellte das Tablett ab. »So ganz allein?«, fragte er verwundert. »Dabei hörte ich, dass Sie sich gut in Greetsiel eingelebt haben.«

50

Ruth hob eine Schulter. »Mein Partner ist schon mal in die Polizeistation vorausgegangen. Er fastet momentan, und ich wollte es ihm nicht zumuten, mir beim Essen zusehen zu müssen.« Sie ließ die Schulter sinken. »Und mein Lebenspartner ... ist gerade unpässlich.« Sie lächelte kurz. »Und Sie gehen heute ohne Luise, Ihre Frau, aus?«

Moritz winkte ab. »Ich habe bis eben noch gearbeitet. Potenziellen Käufern Häuser vorführen. Sie wissen ja, wie das ist. Eine zeitraubende Angelegenheit. Und jetzt habe ich Hunger.« Mit diesen Worten biss er herzhaft in sein Brötchen.

Ruth schaufelte sich ein paar Pommes in den Mund. »Wie laufen die Geschäfte?«, fragte sie kauend. Sie genierte sich nicht, denn Moritz schien genauso ausgehungert wie sie und würde sich darum an ihren nachlässigen Manieren wahrscheinlich nicht stören.

Ihr Gegenüber nickte gewichtig. »Ich kann zufrieden sein«, nuschelte er mit vollem Mund. »Mein Maklerbüro hat sich gut in Greetsiel etabliert.« Er zeigte mit dem Brötchen in der Hand auf Ruth. »Ihr Haus war damals das erste Projekt, das ich in meiner noch jungen Maklerlaufbahn verkauft habe«, erinnerte er sich.

»Dabei hatten Sie wenig Hoffnung, einen Käufer für das alte strohgedeckte Friesenhaus zu finden, und waren völlig baff, als ich verkündete, dass ich es haben wollte.«

Moritz lächelte. »Es war ein verrufenes Gebäude, in dem es angeblich spukte. Darum war der Preis auch vergleichsweise niedrig.«

Eine Weile waren sie mit Essen beschäftigt und ließen den Blick dabei über den Hafen schweifen, der trotz der trüben Lichtverhältnisse nichts von seinem Reiz eingebüßt hatte. Ruths Miene verdüsterte sich ein wenig, als ihr Blick auf die Ausflugsschiffe am gegenüberliegenden Ufer fiel. Die STÖRTEBEKER hatte dort unter anderem festgemacht. Sie musste an Felix und all die anderen Kollegen aus Emden denken, die jetzt im Krankenhaus unter ärztlicher Beobachtung standen. Vorhin hatte sie kurz mit Felix telefonieren können. Er hatte entkräftet und matt geklungen. Sämtliche Geburtstagspartygäste, Ruth, Hagen und Anita ausgenommen, litten an Durchfall und Erbrechen und mussten Bettruhe einhalten. Die Ärzte waren ein wenig beunruhigt, wie Ruth erfahren musste, denn die Symptome erschienen ihnen ein wenig zu heftig.

»Sie wären nicht zufällig daran interessiert, Ihr Haus zu verkaufen?«, fragte Moritz plötzlich und riss Ruth damit aus ihren düsteren Gedanken.

51

Sie blinzelte überrumpelt. »Ganz bestimmt nicht«, sagte sie.

»Überlegen Sie mal«, insistierte der Makler. »Ihr Haus ist im Wert enorm gestiegen, seit Sie die Verursacher dieses angeblichen Spuks dingfest gemacht und alles als Schwindel entlarvt haben. Sie würden einen prima Gewinn erzielen, wenn Sie es jetzt veräußern.«

»Ich fühle mich dort sehr wohl«, gab Ruth entschieden zurück. »Und ich habe nicht vor zu verkaufen!«

Moritz lächelte liebenswürdig. »Kann ich gut verstehen. Sollten Sie es sich dennoch irgendwann anders überlegen, bitte denken Sie dann an mich, den Makler, der Ihnen dieses wundervolle Objekt einst offerierte.«

»Werde ich. Aber bauen Sie nicht darauf.«

Er schüttelte begütigend den Kopf. »Das habe ich auch gar nicht nötig. Wie gesagt: Meine Geschäfte laufen gut.« Er sah sie prüfend an. »Und Sie? Wieder einem Mörder auf der Spur? Sie haben ja Beachtliches geleistet, seit Sie die neue Polizeiwache in Greetsiel übernommen haben.« Ein verschmitzter Ausdruck trat in sein Gesicht. »Man könnte glauben, die Mordrate in Greetsiel sei rapide gestiegen, seit Sie aus Hamburg übergesiedelt sind.«

»Ähnlich wie die Preise für Häuser und Grundstücke, nicht wahr?«, konterte Ruth die scherzhafte Bemerkung, deren makabrer Beigeschmack sie allerdings ein wenig abstieß.

»Dieses Fischerdorf ist auf der ganzen Welt einmalig«, sagte Moritz. »Dass die Immobilienpreise so exorbitant sind, verwundert also nicht.«

»Und dass hier Verbrechen verübt werden wie sonst auch überall auf der Welt, ebenfalls nicht«, ergänzte Ruth.

»Sie sind also tatsächlich an einem Mordfall dran?«, schlussfolgerte der Makler in eine Frage gekleidet.

»Wenn es so wäre, würde ich ganz bestimmt nicht während eines Imbisses darüber plaudern.«

Moritz lächelte charmant. »Natürlich nicht.«

Schweigend aßen sie weiter, und ohne dass Ruth es wirklich wollte, kehrten ihre Gedanken zu dem aktuellen Mordfall zurück. Im Haus von Derek Lopper hatten sie, von ein paar Fingerabdrücken abgesehen, nichts entdecken können, was ihnen bei der Aufklärung der Tat womöglich weiterhelfen könnte. Derartiges machte sie für gewöhnlich nicht nervös. Sie war eine geduldige Ermittlerin und wusste, dass

52

irgendwann der Zeitpunkt kommen würde, da die Indizien sich verdichteten und die Strukturen der Tat deutlicher zutage traten. In diesem Fall aber beunruhigte sie es, nicht zu wissen, ob zwischen dem Mord an Derek Lopper und dem Vorfall an Bord der STÖRTEBEKER, der fast die gesamte Belegschaft der Emder Kripo handlungsunfähig gemacht hatte, ein Zusammenhang bestand.

Moritz Saferies wischte sich mit einer Serviette den Mund. Er hatte seine Mahlzeit beendet, während Ruth gedankenverloren an ihren Pommes herumgeknabbert und kaum etwas gegessen hatte. »Ich wünsche Ihnen viel Erfolg bei was immer Ihnen auch gerade durch den Kopf gehen mag«, sagte er freundlich und deutete mit kreisendem Zeigefinger dann auf sein eigenes Gesicht. »Sie sehen nämlich aus, als würden Sie gerade über einem kniffeligen Fall brüten.«

Ruth zog entschuldigend die Nase kraus. »Ich fürchte, ich war keine gute Gesellschaft für Sie.«

Moritz winkte ab. »Es war trotzdem nett, Ihnen mal wieder zu begegnen.« Er nahm sein Tablett. »Machen Sie es gut«, sagte er, wandte sich ab und schlenderte zum Rückgabegestell hinüber.

Ruth beeilte sich, ihren Teller leer zu essen. In ihrem Büro wartete noch eine Menge Arbeit auf sie.

*

Die kleinen Sprossenfenster des modern eingerichteten Büros der Greetsieler Kommissare verrieten, dass dieser Raum Teil eines historischen Friesenhauses war, von denen es in dem Fischerdorf etliche gab. Die Polizeistation in der Ankerstraße war vor einigen Jahren frisch saniert worden und präsentierte sich von außen wie ein unter Denkmalschutz stehendes Gebäude, das auf eine bewegte Vergangenheit zurückblickte und bestens in Schuss gehalten wurde. Innen war es mit allem ausgestattet, was zu einer ländlichen Polizeiwache dazugehörte. Sogar eine Arrestzelle und einen Verhörraum gab es.

Der Eingangsbereich mit den Wartestühlen, dem Tresen, hinter dem sich Alice Bergmanns Arbeitsstätte befand und den die Kommissare durchschreiten mussten, um in ihr Büro zu gelangen, war funktional und solide ausgestattet. Alice war zurzeit jedoch nicht vor Ort, denn Hagen hatte ihr aufgetragen, nach Emden zu fahren und die Reste des Buffets sowie ein paar tiefgefrorene Fische aus den Beständen

53

von Derek Loppers Schwester ins Labor zu bringen, damit die Proben dort untersucht wurden.

Der Betrieb der Emder Kripo wurde wegen dem Wegfall der erkrankten Kollegen momentan zwar nur von einer Notbesetzung am Laufen gehalten, dennoch hofften Ruth und Hagen auf eine schnellstmögliche Erledigung der Laborarbeiten. Die Untersuchung dieser Proben hatte immerhin Vorrang, da rasch geklärt werden musste, mit welchen speziellen Bakterien oder Viren der Fisch kontaminiert gewesen war. Dass die Kollegen an einer gewöhnlichen Lebensmittelvergiftung erkrankt waren, schlossen die Ärzte mittlerweile nämlich aus.

Ruth, die an ihrem Schreibtisch saß, rieb sich mit den Händen übers Gesicht. Ihr schwirrte ein wenig der Kopf. Die Sorge um die Gesundheit der Emder Kollegen und insbesondere von Felix Seitz machte ihr schwer zu schaffen, und das Warten auf die Laborergebnisse zermürbte sie. Da im Labor derzeit lediglich ein paar Assistenten Dienst taten, würde sie sich notgedrungen in Geduld üben und abwarten müssen, bis die noch unerfahrenen Mitarbeiter ihre Arbeit beendet hatten. Heute war mit einem Ergebnis allerdings wohl nicht mehr zu rechnen.

Ähnlich verhielt es sich mit der Obduktion der Leiche. Ohne die Fachkompetenz von Doktor Frank Fixlmillner würde sich die Untersuchung der sterblichen Überreste des Mordopfers länger als gewöhnlich hinziehen.

Ruth atmete tief durch, um sich zu sammeln. In ihrem Hinterkopf nagte noch immer die Frage an ihr, ob womöglich ein Zusammenhang zwischen dem Mord an Derek Lopper und der Vergiftung ihrer Emder Kollegen existierte.

»Nicht die Nerven verlieren«, ließ Hagen sich angesichts des Zustandes seiner Chefin zu einer Bemerkung hinreißen. Den Blick auf den Computerbildschirm gerichtet, saß er an seinem Schreibtisch und ließ die Finger über die Tastatur spielen.

Ruth sah zu ihrem Partner hinüber. »Haben die von Ihnen am Kran und im Haus des Opfers sichergestellten Daktylogramme denn wenigstens einen Treffer erzielt?«, fragte sie launisch.

»Ich lasse sie gerade durch die Polizeiarchive laufen«, erläuterte Hagen. »Ich habe allerdings nur drei unterschiedliche Prints separieren können.«

54

»Es würde ja schon reichen, wenn …« Ruth brach ab, denn ihr Computer gab einen melodiösen Signalton von sich.

»Da versucht jemand, Sie über einen Videochat zu erreichen«, erläuterte Hagen, da Ruth ihren Bildschirm ratlos mit den Blicken absuchte und die Melodiefolge sich dabei ständig wiederholte. Sie entdeckte das zuständige Symbol und klickte es mit dem Mauszeiger an. Im nächsten Moment öffnete sich ein Bildschirmfenster und das mit brünettem Haar gerahmte Gesicht einer Frau blickte ihr entgegen.

»Anita Schadel«, sagte Ruth neutral. »Was verschafft mir die Ehre?«

Die Angesprochene lächelte frostig. »Ich sollte mich bei dir melden, wenn …«

»Ich bevorzuge es, mit Sie angesprochen zu werden«, unterbrach Ruth die Kommissarin. »Meinetwegen können Sie meinen Vornamen verwenden. Wenn es sich um dienstliche Belange handelt, halte ich es jedoch für angebracht …«

»Wie hält Hagen es mit Ihnen überhaupt aus, Ruth?«, nahm Anita sich nun die Freiheit, ihrerseits die Hauptkommissarin zu unterbrechen.

»Professionelle Distanz ist einer der Grundpfeiler für gute Zusammenarbeit«, gab Ruth zurück. »Darum harmonieren Hagen und ich bei den Ermittlungen auch so gut.«

»Egon und ich haben ebenfalls hervorragende Polizeiarbeit geleistet, und dies, obwohl wir uns duzen. Oder wollten Sie das etwa infrage stellen?«

Erneut fuhr sich Ruth mit der Hand übers Gesicht. »Warum wollten Sie mich denn nun sprechen?«, fragte sie in versöhnlicherem Tonfall.

»Ich habe ein paar Nachforschungen über das Mordopfer angestellt«, sagte Anita. »Es ist vor einigen Monaten eine Polizeiakte über Derek Lopper angelegt worden.«

»Weil eine Anzeige gegen ihn vorliegt!«, rief Hagen herüber. Er deutete auf seinen Bildschirm. »Ich habe seine Akte gerade vorliegen. Sein Fingerabdruck hat mich darauf aufmerksam gemacht.«

Anita verzog leicht das Gesicht. »Sie wissen also bereits Bescheid?«

Ruth schüttelte den Kopf. »Fahren Sie fort.«

»Ein Energieunternehmen, das Windparks betreibt, hat diese Anzeige gegen Derek Lopper angestrengt«, berichtete Anita. »Der Fischer

55

hatte offenbar versucht, die BÜNTE, ein Schiff, das Bauteile zu einer Offshore-Anlage transportiert, mit seinem Fischerboot zu blockieren. Es wäre fast zu einer Kollision gekommen. Das Unternehmen behauptet laut Aktenlage, Herr Lopper hätte auf fahrlässige Weise gegen die Verkehrsregeln der Schifffahrt verstoßen.«

»Interessant«, murmelte Ruth.

»Ich habe natürlich sofort überprüft, ob dieser Vorfall für unsere Ermittlungen relevant sein könnte«, fuhr Anita fort. »Dafür habe ich mich mit der Rechtsabteilung von *Strombrise*, wie das Energieunternehmen heißt, in Verbindung gesetzt. Die Mitarbeiterin erinnerte sich sofort an unseren Mann.«

»Hatte Herr Lopper denn trotz dieser Anzeige mit den Störaktionen fortgefahren?«, fragte Ruth.

Anita schüttelte den Kopf, wobei sie ein wenig überlegen tat. »Jedenfalls nicht mit der zur Anzeige gebrachten Methode«, sagte sie. »Stattdessen drohte er damit, eine Kampagne ins Leben zu rufen, die nachweisen sollte, dass der geplante Offshore-Park den Bestand des Seeregenpfeifers bedroht. Diese seltene Zugvogelart hat ihre Brutgebiete im Wattenmeer; es gibt von ihnen inzwischen nur noch einige Hundert Paare.«

»Derek Lopper *drohte* damit?«, hakte Ruth nach.

»Ja.« Anita verzog spöttisch einen Mundwinkel. »Er kam nicht mehr dazu, seine Ankündigung wahrzumachen.«

»Weil er ermordet wurde!«, rief Hagen dazwischen.

»Gibt es außer ihm denn keine anderen Personen, die in diese Kampagne involviert waren?«, wollte Ruth wissen.

»Offenbar nicht«, sagte Anita. »Jedenfalls hat die Mitarbeiterin der Rechtsabteilung das behauptet. Herr Lopper hatte sein Vorhaben schriftlich angedroht und angekündigt, dass er es umsetzen würde, wenn die Bauarbeiten am Windpark nicht eingestellt würden.«

Ruth berührte mit dem Zeigefinger überlegend ihre Lippen. »Wir haben in Derek Loppers Haus keinerlei Unterlagen gefunden, die sich mit diesem Thema befassen. Eine solche Kampagne erfordert eine Menge Vorarbeit. Dass es die gegeben hat, darauf hat in seinem Haus nichts hingewiesen.«

»Vielleicht hatte er nur gebluvt und gehofft, dass dies ausreichen würde, um seine Forderungen durchzusetzen«, warf Hagen ein.

Ruth hob skeptisch eine Augenbraue. »Derek Lopper muss ziemlich blauäugig gewesen sein, wenn er das geglaubt hat.«

56

»Die Sachlage lässt es jedenfalls möglich erscheinen, dass dieses Energieunternehmen in den Mord an Derek Lopper verwickelt ist«, äußerte sich Anita. »Herr Lopper war ein unbequemer Zeitgenosse, der den Zielen von *Strombrise* im Wege stand und deshalb beseitigt werden musste.«

»Und darum lässt man ihn an einem Kran aufhängen, der zwangsläufig auf einen Zusammenhang mit diesem Energieunternehmen hindeuten würde?« Ruth schüttelte den Kopf. »Das erscheint mir ziemlich unausgegoren. Diese Mitarbeiterin der Rechtsabteilung hätte Ihnen wohl auch kaum von dem Drohschreiben erzählt, wenn Sie mit Ihrer Vermutung richtigliegen, Anita.«

»Sicherlich wusste diese Frau gar nichts von den verbrecherischen Machenschaften ihrer Arbeitgeber«, hielt die Kommissarin dagegen. »Sie ist arglos und hat deshalb alles ausgeplaudert. Dass Derek Lopper ermordet wurde, hatte ich während des Gesprächs absichtlich mit keiner Silbe erwähnt. Ein solches Verbrechen würde von den Initiatoren wahrscheinlich auch an der Rechtsabteilung vorbeigeplant werden. Nur einige wenige Eingeweihte wissen überhaupt davon. Ich vermute, dass ein Auftragsmörder im Spiel ist.«

Ruth wiegte abwägend den Kopf. »Dieser Mord könnte dann als Warnung an all diejenigen begriffen werden, die versuchen, gegen den Windpark vorzugehen«, ließ sie sich auf die Theorie ihrer Kollegin ein.

»Wir haben es mit knallharten Profis zu tun«, bekräftigte Anita. »Es wird schwer werden, denen etwas nachzuweisen.«

Hagen stand auf und ging zu Ruths Schreibtisch hinüber. Er stellte sich hinter seine Chefin, beugte sich vor und sah über ihre Schulter hinweg die Frau auf dem Bildschirm an. »Wenn das alles zutrifft, hat dieser Fall größere Dimensionen als alles, was wir bei der Greetsieler Polizei bisher erlebt haben.«

»Dann passt auch die Vergiftung unserer Emder Kollegen mit ins Bild«, sagte Ruth gedehnt. »Dieser Vorfall geht womöglich auch auf die Kappe der Verbrecher, die von dem Energieunternehmen angeheuert wurden.«

Anita furchte die Stirn. »Wie das?«

»Überlegen Sie doch mal!«, sagte Hagen Richtung Bildschirm. »Ohne einsatzfähige Ermittler wird es womöglich auch keine handfesten Beweise geben, wer wirklich für diesen Mord verantwortlich ist.«

Anita blies die Wangen auf und massierte sich den Nacken. »Das wäre wirklich ein starkes Stück«, sagte sie. »Ich neige allerdings eher zu der Annahme, dass es sich bloß um Zufall handelt. Der Fisch war verdorben. Unsere Kollegen hatten einfach nur Pech.«

Hagen richtete sich auf. »Wir werden sehen.«

»Sie wollen dieser Sache ernsthaft nachgehen?«, fragte Anita.

Ruth nickte bekräftigend. »Eine Untersuchung der Speisereste haben wir bereits in die Wege geleitet.«

Anita hob unschlüssig die Schultern. »Wie Sie meinen.« Sie seufzte. »Hoffentlich ist dieser Mordfall nicht eine Nummer zu groß für uns.«

»Wir werden das Kind schon schaukeln«, gab Hagen zuversichtlich zurück.

Als hätte diese Bemerkung ihr einen leichten Stich versetzt, verzog Anita kurz das Gesicht. »Das Kind schaukeln«, sagte sie wie abwesend. Sie blickte auf. »Morgen werde ich dem Vorstand des Energieunternehmens mal auf den Zahn fühlen«, verkündete sie. »Aber für heute habe ich die Nase voll. Ich mach jetzt Feierabend.«

Der Bildschirm wurde schwarz. Ruth schloss das Programm. »Feierabend machen ist keine schlechte Idee«, sagte sie. Im selben Moment klopfte es an der Verbindungstür, und kaum hatte Ruth »Herein!« gerufen, schwang das Türblatt auf und Alice Bergmann schaute herein.

»Ich wollte mich nur kurz zurückmelden«, sagte sie und deutete mit dem Daumen hinter sich. »Das Geschenk für Herrn Fixlmillner habe ich übrigens an mich genommen. Die Kiste mit der Drohne darin steht neben meinem Bürostuhl.«

»Gut, dass Sie daran gedacht haben«, lobte Ruth. »Wie war denn die Stimmung bei der Emder Kripo?«

»Gedämpft bis hysterisch.« Alice seufzte mitleidig. »Eine schlimme Sache ist das. Ich hoffe, die Kollegen werden alle schnell wieder gesund.«

»Das hoffen wir alle.« Ruth versuchte sich an einem aufmunternden Lächeln, was ihr nicht recht glücken wollte. Schließlich schlug sie vor, dass jetzt alle nach Hause gehen sollten, womit sowohl Hagen als auch Alice einverstanden waren.

»Bevor ich es vergesse.« Alice, die sich abgewendet hatte, drehte sich noch einmal um. »Als die STÖRTEBEKER am Pier festmachte, gab es einen heftigen Streit zwischen Peet Willems und Joseph

Kulka. Herr Kulka ist der Eigner eines anderen Ausflugsschiffs, der KRUMMHÖRN«, erläuterte sie. »Die beiden haben sich ganz schön in den Haaren gelegen und sich gegenseitig vorgeworfen mit unlauteren Mitteln um die Fahrgäste zu buhlen.«

»Zu buhlen?«, fragte Ruth leicht verwundert.

»So haben sie sich ausgedrückt«, bestätigte Alice. »Der Streit schien mir ziemlich ernst. Ich hatte auch den Eindruck, dass sich beide Männer zurückgehalten haben, weil eine uniformierte Streifenpolizistin anwesend war.«

Ruth nickte Alice dankend zu. Kurz darauf machten sich die Kriminalisten zum Aufbruch bereit. Wenige Minuten später sperrte Ruth die Eingangstür der Wache hinter sich ab und machte sich zu Fuß auf den Weg zu ihrem strohgedeckten Friesenhaus. Sie freute sich auf diesen Spaziergang durch das Fischerdorf und entlang des abendlichen Hafens. Nach diesem turbulenten Tag bedurfte sie dringend ein paar Minuten des müßigen Schlenderns, um einen klaren Kopf zu bekommen und die Sorgen zu besänftigen, die sie sich um Felix und seine Kollegen machte.

Kapitel 5

Als Ruth Fasan sich am nächsten Morgen zum Frühstück an den Küchentisch setzte, griff sie zum Handy und stellte eine Verbindung zum Labor der Emder Kripo her. Dort wurde, wie sie gehofft hatte, bereits gearbeitet. Die Assistentin, eine junge Frau namens Amalie Grosser, hatte allerdings nichts Gutes zu berichten.

»Es tut mir schrecklich leid«, sagte die Laborantin verzweifelt. »Fast alle Kulturen, die wir gestern angelegt haben, sind verdorben. Und die Fischproben, die Ihre Kollegin uns geliefert hatte, sind auch hinüber.«

»Wie kann das denn sein?!«, fragte Ruth leicht ungehalten, bereute ihre rüde Reaktion aber sogleich, als ein unterdrücktes Schluchzen am anderen Ende der Leitung zu hören war.

»Die Tür des Inkubators war nicht richtig geschlossen«, erklärte Amalie verzagt. »Die Petrischalen wurden kontaminiert und die Versuchsanordnung dadurch unbrauchbar. Noch schlimmer ist, dass der restliche Fisch nun auch nicht mehr für eine Untersuchung taugt.«

»Das kann doch wohl nicht wahr sein!«, entschlüpfte es Ruth, obwohl sie sehr um Beherrschung bemüht war.

»Ich hatte gedacht, ich hätte die Tür des Inkubators fachgerecht verschlossen«, jammerte Amalie. »Trotzdem stand sie heute Morgen einen Spaltbreit offen. Und dann gab es nachts wohl einen Kurzschluss, der die Energieversorgung unserer Kühlschränke unterbrochen hat. Es ist alles aufgetaut und mit Tropfwasser übergossen. Eine Katastrophe!« Die junge Frau schluchzte.

»Sie sagten vorhin, fast alle der von Ihnen angelegten Kulturen seien verdorben«, sprach Ruth beruhigend auf die Laborantin ein. »Einige sind also erhalten geblieben?«

»Ja, aber beim Aufbau dieser Tests muss ich etwas falsch gemacht haben. Die Ergebnisse können nämlich unmöglich stimmen.«

»Erklären Sie mir das bitte genauer.«

»Nun ja«, sagte Amalie verlegen. »Ich hatte gestern Schwierigkeiten, die Fischhäppchen vom Buffet der STÖRTEBEKER den betreffenden Fischarten zuzuordnen. Jemand mit mehr Erfahrung hätte die Arten wahrscheinlich aufgrund der Beschaffenheit des Fischfleisches bestimmen können. Ich bin aber daran gescheitert. Also habe ich im Nebenraum eine Versuchsreihe zur Artenbestimmung initiiert. Dabei muss wohl etwas schiefgelaufen sein.«

»In welcher Hinsicht?«

»Weil es ja wohl unmöglich sein kann, dass ein Teil dieser Häppchen nicht etwa von Aal, Scholle oder Hering stammen, sondern vom Fugu.«

Ruth blinzelte indigniert. »Fugu. Meinten Sie den Kugelfisch?«

Amalie lachte freudlos. »Ja, oder auch Pufferfisch genannt. Der kommt aber gar nicht in der Nordsee vor, sondern im Japanischen Meer.« Sie seufzte. »Es tut mir unendlich leid, dass ich diese wichtige Aufgabe ...«

»Moment mal«, unterbrach Ruth die Frau. »Wie gesichert ist es, dass Sie diese Untersuchung ebenfalls verbockt haben?«

»Eigentlich habe ich alles richtig gemacht«, sagte Amalie. »Das Ergebnis kann dennoch unmöglich ...«

»Soviel mir bekannt ist, handelt es sich beim Kugelfisch um einen äußerst giftigen Meeresbewohner«, unterbrach Ruth sie erneut.

»Man braucht eine Spezialausbildung und jahrelange Erfahrung, um Fugu so zuzubereiten, dass er seine giftigen Eigenschaften verliert«, bestätigte Amalie. »Ansonsten besteht Gefahr, dass es den Leuten ziemlich schlecht ergeht, die ...« Diesmal unterbrach Amalie sich selbst. »Oh weh«, sagte sie in plötzlicher Erkenntnis. »Sie glauben doch wohl nicht etwa ...« Das Klappern einer Computertastatur war zu hören. »Ich sehe gerade mal im Internet nach«, erläuterte Amalie. Dann las sie vor: »Zu den ersten Symptomen einer Vergiftung durch das im Kugelfisch enthaltene Tetrodotoxin gehören Empfindungsstörungen im Gesicht und in den Extremitäten, gefolgt von vermehrtem Speichelfluss, Übelkeit, Erbrechen, Durchfall und Bauchschmerzen.« Ihre Stimme klang immer verzagter, während sie fortfuhr. »Ebenso kann eine potenziell tödliche Atemlähmung auftreten. Atemunterstützung ist während der Behandlung dringend ratsam. Es kann Tage dauern, bis das Toxin verstoffwechselt wurde und die Symptome nachlassen. Kochen oder Einfrieren kann das Gift des Kugelfischs nicht zerstören.«

»Verdammt«, keuchte Ruth. »Wir müssen das sofort der Klinik melden!«

»Sie ... Sie glauben ...«

61

»Es ist unerheblich, was ich glaube!«, fuhr Ruth die Frau an. »Was zählt, sind die Ergebnisse Ihrer Untersuchung. Und die dürfen wir nicht außer Acht lassen, egal wie sehr Sie daran zweifeln!«

Amalie räusperte sich gefasst. »Verstanden«, gab sie dann gradlinig zurück. »Ich werde das Krankenhaus umgehend informieren!«

Ruth wartete nicht, bis die Laborantin auflegte, sondern unterbrach die Verbindung abrupt. Anschließend wählte sie die Nummer des Arztes, der die Emder Kollegen behandelte. Kurz berichtete sie dem Mann von Amalie Grossers Untersuchungsergebnis.

»Kugelfisch also«, sagte der Mediziner daraufhin. »Das erklärt so einiges. Ich hatte nämlich gleich den Eindruck, dass das keine gewöhnliche Fischvergiftung ist, unter der Ihre Kollegen leiden. Einige von ihnen haben Empfindungsstörungen im Gesicht und an den Händen und Schwierigkeiten mit der Atmung. Entsprechende Maßnahmen wurden natürlich umgehend in die Wege geleitet. Um Gesa Blum ist es leider besonders schlecht bestellt. Sie hat von Natur aus eine schwache Konstitution. Sie musste bereits einmal wiederbelebt werden.«

Ruth massierte sich mit Daumen und Zeigefinger die Nasenwurzel. »Amalie Grosser wird gleich mit Ihnen sprechen wollen. Und ich … ich komme so schnell wie möglich zu Ihnen in die Klinik.« Sie legte auf, ohne eine Erwiderung abzuwarten. Anschließend kontaktierte sie Hagen und setzte ihn über die neuesten Entwicklungen ins Bild. »Übernehmen Sie die Arbeiten im Büro, bis ich aus Emden zurückgekehrt bin«, trug sie ihm auf. »Und versuchen Sie herauszufinden, wie diese Kugelfischhäppchen aufs Geburtstagsbuffet von Frank Fixlmillner gelangt sein könnten!«

»Ruth!«, sagte Hagen eindringlich. »Atmen Sie tief durch. Felix und die anderen … sie werden schon durchkommen!«

Die Hauptkommissarin seufzte angestrengt. »Wir müssen diese Sache aufklären, Hagen«, sagte sie eindringlich.

»Das werden wir«, konnte Hagen noch sagen, ehe Ruth das Gespräch beendete. Sie kippte sich Kaffee in den Mund, hätte sich fast daran verbrüht und stürzte dann aus der Küche. Hastig packte sie ein paar von Felix' Kleidungsstücken, für die sie ein Fach in ihrem Schrank reserviert hatte, in eine Tragetasche und tat noch ein paar Dinge hinzu, die er im Krankenhaus sicher benötigen würde. Wenig später saß sie in ihrem kirschroten VW Up! und fuhr Richtung Emden davon.

*

Als Hagen Reese die Polizeiwache in der Ankerstraße betrat, hörte er aus seinem Büro das Klingeln des Telefons herüberhallen.

»Das geht schon so, seit ich hier bin«, sagte Alice Bergmann zur Begrüßung. Wenn sie auf ihrem Bürostuhl hinter dem Empfangstresen saß, ragten ihr Kopf und ihr rotbrauner Schopf so eben gerade über die Thekenplatte hinweg.

»Warum sind Sie nicht rangegangen?«, fragte Hagen leicht verärgert und klappte das bewegliche Teil des Tresens hoch.

»Weil mein Telefon ebenfalls verrücktspielt«, erklärte Alice spitz.

Hagen eilte ins Büro und stürzte zum Fernsprecher hin. »Kommissar Hagen Reese am Apparat!«, rief er und ließ sich in seinen Bürosessel fallen.

»David Ulbricht hier«, tönte eine Falsettstimme aus dem Hörer. »Ich mache den praktischen Teil meiner Ausbildung zum Pathologen bei Doktor Frank Fixlmillner und vertrete ihn, solange er krank ist.«

»Verstehe«, sagte Hagen.

»Mit der Untersuchung des Leichnams von Derek Lopper bin ich jetzt fertig und wollte Ihnen kurz die Ergebnisse mitteilen.«

»Schießen Sie los.«

»Das Opfer starb an Genickbruch«, kam der Auszubildende gleich zur Sache. »Verursacht durch den Galgenknoten im Nacken. Der hat den Halswirbel zertrümmert, als der Fall des Körpers durch den Strick gestoppt wurde. Der Leichnam muss dann mehrere Stunden am Seil gehangen haben, wie der Blutstau in den Beinen und dem Unterleib verrät. Die Abschürfungen an den Hand- und Fußgelenken wiederum lassen darauf schließen, dass der Mann vor Eintritt des Todes über etliche Stunden hinweg gefesselt gewesen war.«

»Das hatte ich mir bereits gedacht«, merkte Hagen an.

»Ich halte es für ausgeschlossen, dass das Opfer mit zusammengebundenen Händen und Füßen den Kranarm hinaufgekommen wäre«, fuhr David Ulbricht fort. »Die Schnüre werden ihm also entweder erst auf der Kranplattform verpasst worden sein, oder sie wurden kurzfristig entfernt, damit er hinaufklettern kann, um sie ihm dann erneut anzulegen.«

63

Hagen hörte aufmerksam zu, denn dieses Detail erschien ihm wichtig. »Wann ist der Tod Ihrer Meinung nach denn eingetreten?«, fragte er.

»Eine Meinung habe ich dazu nicht«, erwiderte der Auszubildende ein wenig altklug. »Dem Zustand der Leiche nach zu urteilen, muss Derek Lopper am Dienstag zwischen zwei und drei Uhr morgens zu Tode gekommen sein.«

»Das ist doch schon mal gut zu wissen«, zeigte sich Hagen zufrieden.

»Ich habe an dem Körper außerdem gewisse Druckstellen ausmachen können«, erzählte David. »Gut möglich, dass Herr Lopper sich die oben auf dem Gitter der Kranplattform zugezogen hat. Wenn das zutrifft, was ich als ziemlich wahrscheinlich erachte, wird Derek Lopper ein paar Stunden gefesselt auf der Plattform gelegen haben, ehe er dann erhängt wurde.«

Hagen furchte die Stirn. »Derek Lopper lag also fest verschnürt und mit einem Strick um den Hals mehrere Stunden auf dem Gitterrost?« Er knetete unbehaglich den Nacken. »In diesem Fall wäre es dann auch gut möglich, dass er nicht gestoßen wurde, sondern sich selbst schließlich in die Tiefe stürzte.«

»Ob der Strick genauso lange um seinen Hals gelegen hat, wie er an Händen und Füßen gefesselt gewesen war, dafür gibt es keine Anzeichen«, wandte David ein. »Am Hals waren jedenfalls keine Abschürfungen auszumachen gewesen. Natürlich war die Schlinge nur locker um den Hals gewickelt, aber dennoch müssten Abdrücke entstanden sein, wenn sie sich dort mehrere Stunden befunden hätte.«

Hagen rieb sich das Kinn. »Derek Lopper lag also fest verschnürt einige Stunden in luftiger Höhe, dann erst wurde ihm die Schlinge um den Hals gelegt?«

»Das lassen die Spuren am Körper des Opfers jedenfalls vermuten«, bestätigte David.

»Klingt irgendwie kompliziert«, sagte Hagen. »Warum dieser Aufwand? Aus welchem Grund sollte der Mörder sein Opfer erst so lange dort oben liegen lassen? Warum erhängte er ihn nicht gleich?«

»Das werden Sie herausfinden müssen«, gab David leichthin zurück.

»Und Sie sind sich wirklich sicher, die Spuren am Körper des Toten richtig interpretiert zu haben?«

»Doktor Frank Fixlmillner ist ein hervorragender Lehrmeister und ich ein aufgeweckter Auszubildender«, gab David unterkühlt zurück. »Ich bin sicher, dass Herr Fixlmillner nichts an meiner Arbeit zu beanstanden hätte.«

»Verstehe.« Hagen verzog das Gesicht. Dieser Auszubildende war sehr von sich überzeugt, und Hagen hoffte, dass diese Eigenbeurteilung nicht auf Selbstüberschätzung beruhte.

»Was für eine Art von Seil wurde für den Strick verwendet?«, wollte er noch wissen.

»Dieses Fabrikat gibt es bei jedem Schiffsausrüster oder im Internet massenhaft zu kaufen«, erwiderte David. »Es erscheint mir aussichtslos, ermitteln zu wollen, wer es womöglich angeschafft haben könnte.«

»Verstehe.« Hagen bedankte sich für die Informationen, bat seinen Gesprächspartner, nicht zu vergessen, ihm die Untersuchungsunterlagen zuzuschicken, und verabschiedete sich.

Einen Moment lang saß er sinnierend da. Ein Frösteln überkam ihn, als er sich vorzustellen versuchte, was in Derek Lopper vorgegangen sein mochte, während er stundenlang gefesselt oben auf der kleinen Plattform gelegen hatte. Von seiner Schwester wussten sie, dass Derek an Höhenangst gelitten hatte. Dann kam irgendwann der Moment, an dem sein Mörder ihm die Schlinge um den Hals legte und ihn über den Rand des Gitters stieß …

Hagen schüttelte sich. Diese Grausamkeit kam ihm irgendwie sinnlos vor. Aber was wusste er schon, was im Kopf dieses Mörders vor sich gegangen war?

Erneut nahm er den Telefonhörer auf. Es gab für ihn jetzt ein paar dringende Anrufe zu erledigen.

*

Felix Seitz, Frank Fixlmillner und Staatsanwalt Lindau teilten sich ein Patientenzimmer. An die Nasenscheidewände der Männer war jeweils ein Sauerstoffschlauch geklemmt, um ihre Atmung zu unterstützen, und in den Armbeugen steckten Zugänge, über die sie mit Flüssigkeit versorgt wurden. Alle drei sahen beängstigend blass aus und lächelten Ruth matt zu, als sie, die Tragetasche geschultert, den Raum betrat.

65

Ruth grüßte leise in die Runde und näherte sich dann Felix' Bett. Im selben Moment bemerkte sie Anita Schadel, die in einer Ecke in einem Sessel saß und sich nun erhob.

»Nanu«, sagte Ruth verwundert zu ihrer Kollegin. »Was haben Sie denn hier verloren?«

»Hagen hat mich vorhin angerufen«, antwortete Anita mit rücksichtsvoll gedämpfter Stimme. »Er hat mir von dem Verdacht mit dem Kugelfisch erzählt. Da bin ich natürlich sofort los, um hier nach dem Rechten zu sehen.« Sie deutete zum Blumenstrauß auf dem Tisch hinüber. »Und eine kleine Aufmunterung habe ich Felix auch gleich mitgebracht.« Wie beiläufig richtete sie den Blick auf Ruths leere Hände. Unterwegs anzuhalten und Blumen für die Patienten zu kaufen, dafür hatte sie einfach keine Nerven gehabt.

Ruth setzte sich behutsam auf die Kante von Felix' Bett. Ihm war die mittlere Liegestatt zugewiesen worden, während Lindau in der Nähe des Fensters lag und Fixlmillner den Platz neben dem kurzen Eingangsflur innehatte, von dem auch das Badezimmer und die Toilette abgingen.

»Wie geht es dir?«, fragte sie mitfühlend und drückte Felix einen Kuss auf die Stirn.

Der Kapitän der Wasserschutzpolizei lächelte schwach. »Ich werde Fisch wohl für immer von meiner Speisekarte streichen«, scherzte er. Dann deutete er mit einem Kopfnicken zum Staatsanwalt hinüber. Henning Lindau schien eingeschlafen zu sein. »Redet lieber nicht über die Arbeit«, mahnte er. »Herr Lindau darf sich wegen seiner geschwächten Atmung nicht überanstrengen.«

Ruth presste die Lippen aufeinander. »So schlimm ist es?«

Felix nickte ernst. »Ob wir alle ungeschoren davonkommen, steht noch in den Sternen. Zum Glück ist das mit dem Fugu herausgekommen. Jetzt wissen die Ärzte wenigstens, womit sie es zu tun haben.«

»Ich habe dir ein paar Sachen mitgebracht«, wechselte Ruth das Thema und legte die Hand auf die Tragetasche.

»Danke. Das ist lieb von dir.«

Frank Fixlmillner hob kraftlos eine Hand und winkte, um Ruths Aufmerksamkeit auf sich zu ziehen. »Wären Sie vielleicht so freundlich, zu meinem Haus zu fahren und mir ebenfalls ein paar Sachen zu holen?«, fragte er krächzend.

»Klar, mach ich«, sagte Ruth, die wusste, dass der Rechtsmediziner allein lebte. »Was soll ich Ihnen denn bringen?«

Franks Hand zitterte, als er nun nach einem Zettel auf seinem rollbaren Beistelltisch griff. »Hier ... ich habe alles aufgeschrieben«, sagte er.

Ruth nahm den Schrieb entgegen und warf einen Blick darauf. Die Schrift war fast unleserlich, weil Frank offenkundig mit zittriger Hand geschrieben hatte. »Wird erledigt«, versprach sie.

»Die Haustürschlüssel finden Sie in meiner Hosentasche«, sagte Frank und deutete auf die Schränke.

Bevor Ruth aufstehen konnte, huschte Anita auf die Schrankwand zu, riss eine der Türen auf und begann in den Kleidungsstücken zu wühlen. »Hier ist er!«, rief sie triumphierend, hielt einen Schlüsselbund hoch und klöterte damit herum.

Lindau erwachte von dem Lärm, blinzelte benommen und schloss erneut die Augen.

»Pschscht!«, machte Ruth und legte mahnend den Zeigefinger an die Lippen.

Anita zog einen Mundwinkel herunter. »Soll nicht wieder vorkommen«, versprach sie kleinlaut.

»Ihr solltet jetzt besser gehen«, sagte Felix matt. »Schlaf ist für uns momentan die beste Medizin.«

Ruth strich ihm eine Haarsträhne aus der Stirn und seufzte. Schweren Herzens stand sie auf, deponierte die Tragetasche in Felix' Schrank und winkte zum Abschied in die Runde. Anschließend fasste sie Anita am Arm und zog sie mit sich hinaus auf den Korridor.

»Sind Sie bei Ihren Nachforschungen schon weitergekommen?«, fragte sie die Kommissarin.

»Davon erzähle ich Ihnen unterwegs«, gab Anita zurück, und als sie Ruths fragenden Blick auffing, vervollständigte sie: »Wir fahren gemeinsam zu Franks Haus. Er wohnt im Stadtteil Twixlum.« Sie lächelte unterkühlt. »Kennen Sie seine Adresse überhaupt?«

Ruth musste gestehen, dass sie das nicht tat. Sie war zu unkonzentriert gewesen, um den Rechtsmediziner danach zu fragen.

»Sehen Sie.« Anita hakte sich bei ihr unter. »Ich weiß, wo sich Franks Haus befindet. Und nun kommen Sie. Vielleicht ist es gar keine so schlechte Idee, wenn wir mal zusammen was unternehmen.«

Ruth fühlte sich zwar ein wenig überrumpelt, erhob jedoch keine Einwände. Immerhin waren sie Kolleginnen und zogen an einem

67

Strang. Wenn sich eine Gelegenheit bot, das lästige Geplänkel zwischen ihnen endlich zu beenden, dann wollte sie sie auch ergreifen.

*

Hagen trat mit seiner Grübelei auf der Stelle. Je länger er den Tathergang zu rekonstruieren versuchte und je tiefschürfender seine Gedanken zu den eventuellen Motiven des Täters ausfielen, desto weniger glaubte er, dass er auf dem richtigen Pfad wandelte. Für ihn passte das alles irgendwie nicht zusammen.

Schließlich stand er auf und verließ das Büro, um ein paar Worte mit Alice zu wechseln. »Moin übrigens«, rief er von der Tür aus ein wenig reumütig zu der Streifenpolizistin hinüber. »Vorhin, da war ich ein wenig kurz angebunden, fürchte ich.«

Alice drehte sich mit ihrem Stuhl zu ihm um. »Moin«, sagte sie und lächelte versöhnlich. »Alles halb so wild. Wir alle sind angespannt wegen dem, was gestern auf der STÖRTEBEKER vorgefallen ist.«

Hagen erzählte ihr kurz, welche neuen Erkenntnisse über dieses schlimme Ereignis vorlagen.

»Giftiger Fisch? Das klingt ja, als hätte jemand mit bösen Absichten gehandelt«, sagte Alice erschüttert.

Hagen zuckte mit den Schultern. »Gut möglich. Wer hatte Sie heute Morgen denn eigentlich mit einem Anruf beglückt?«, erkundigte er sich dann und spielte damit auf Alice' Bemerkung an, dass ihr Telefon ebenfalls geklingelt hatte und sie deshalb nicht an den Apparat der Kommissare gehen konnte.

Die Streifenpolizistin seufzte. »Peet Willems hat sich bei mir beschwert«, berichtete sie. »Joseph Kulka hat in der Nacht Banderolen über die Stelltafeln geklebt, mit denen Herr Willems Werbung für die Rundfahrten mit der STÖRTEBEKER macht.«

»Was denn für Banderolen?«, wunderte sich Hagen.

»Darauf stand: Gammelfisch an Bord. Joseph Kulka betreibt selbst ein Ausflugsschiff, die KRUMMHÖRN.«

Hagen krauste die Stirn. »Herr Kulka nutzt den gestrigen Vorfall an Bord der STÖRTEBEKER, um seinem Konkurrenten in die Suppe zu spucken?«

Alice zuckte mit den Schultern. »Jedenfalls behauptet Herr Willems das. Überprüft habe ich es noch nicht. Die beiden sind sich jedenfalls

68

spinnefeind. Das ist mir gestern bereits aufgefallen. Herr Willems' Anschuldigungen sind also nicht ganz aus der Luft gegriffen.«

Hagen verschränkte die Arme und lehnte sich mit der Schulter an den Türrahmen. »Ruth glaubt, es könnte ein Zusammenhang bestehen zwischen dem Mord an Derek Lopper und dieser Sache mit dem vergifteten Geburtstagsbuffet.«

»Tatsächlich?«

Hagen nickte. »Vielleicht hängt dieser Joseph Kulka da irgendwie mit drin?«

»Auf den Banderolen ist von Gammelfisch die Rede, nicht aber von Giftfisch«, gab Alice zu bedenken.

»Hätte er Giftfisch geschrieben, hätte er durchblicken lassen, dass er mehr über diese Sache weiß, als in der Öffentlichkeit bisher bekannt ist«, erwiderte Hagen. »Und so dumm ist er nicht.«

»Wenn Sie das sagen.«

Hagen stieß sich vom Türrahmen ab. »Ich werde dieser Sache auf den Grund gehen«, verkündete er.

»Glauben Sie denn, Joseph Kulka hat unsere Emder Kollegen vergiftet *und* Derek Lopper ermordet?«

»Ich will lediglich überprüfen, ob Herr Kulka die Sache mit dem Fisch womöglich eingefädelt hat, um seinem Konkurrenten zu schaden«, erwiderte Hagen. »Das muss nicht zwangsläufig bedeuten, dass er auch mit dem Mord was am Hut hat.«

»Den Verdacht der Hauptkommissarin finden Sie also nicht plausibel«, erkannte Alice.

Hagen zuckte unschlüssig mit den Schultern. »Was Frau Fasan denkt, ist nicht in Stein gemeißelt. Vielleicht hat sie sich in die Vorstellung einer Gemeinsamkeit beider Vorkommnisse auch bloß verrannt.« Er verzog bedauernd das Gesicht. »Dass ihr Felix im Krankenhaus liegt, nimmt sie ganz schön mit. Dabei einen klaren Kopf zu bewahren, wird für sie nicht einfach sein.« Er winkte ab. »Wie auch immer. Ich werde diesem Joseph Kulka mal auf den Zahn fühlen. Womöglich bringt das ein bisschen Klarheit in diese verzwickte Angelegenheit.« Er tippte mit dem Finger gegen seine Stirn. »Und vielleicht fügen sich die Puzzleteile in meinem Kopf dann auch endlich zu einem sinnvollen Bild zusammen.«

*

69

»Jetzt der Rechtskurve in den Rummelweg folgen.« Anita deutete mit dem Daumen in die entsprechende Richtung.

»Eine andere Möglichkeit wäre mir sowieso nicht geblieben«, erwiderte Ruth mürrisch und drehte am Lenkrad ihres Wagens. Seit Anita ihr gebeichtet hatte, dass sie noch nichts unternommen hatte, um mit der Führungsetage des Energieunternehmens Kontakt aufzunehmen, fühlte sie sich von ihrer Kollegin verschaukelt. Auf Ruths Frage hin, warum Anita sich von ihr in der Gegend herumkutschieren ließ, anstatt ihrem Verdacht nachzugehen und bei *Strombrise* auf den Busch zu klopfen, antwortete Anita: »*Sie* wollten doch unbedingt, dass wir mal zusammen was unternehmen. Damit wir uns näherkommen!« Sie breitete die Arme aus, nachdem sie dies gesagt hatte. »Und hier bin ich nun also.«

Dass diese gemeinsame Autofahrt nicht Ruths, sondern Anitas Idee gewesen war, daran wollte sich die Kommissarin angeblich nicht erinnern. Ruth war sich anschließend sogar nicht sicher, ob Anita Frank Fixlmillners Adresse überhaupt kannte oder dies bloß behauptet hatte, um Ruth zu überreden, sie mitfahren zu lassen.

»Hier … das ist es!«, sagte Anita jetzt und deutete mit ausgestrecktem Arm nach links, wobei sie Ruth mit der Hand kurz die Sicht verstellte.

Die Hauptkommissarin stoppte am Straßenrand. Bei dem Haus, auf das Anita gezeigt hatte, handelte es sich um ein kleines modernes Einfamilienhaus. Der Zustand des Gartens ließ eine kundige Hand im Umgang mit Pflanzen vermuten. Der Rechtsmediziner schien eine Vorliebe für Rosen zu hegen, denn davon reihten sich mehrere Stauden in den Beten, und an der Fassade rankten Kletterrosen empor. Um diese Jahreszeit wirkten die blattlosen, dornigen Äste und Zweige allerdings ziemlich karg.

Ruth stieg aus. Und als sie über die niedrige Buchsbaumhecke hinwegsah, bemerkte sie, dass mit Fixlmillners Garten etwas nicht stimmte. Die Rabatten mit den sorgsam gestutzten Rosenstöcken waren teilweise zertrampelt und Sträucher herausgerissen worden. Die Spuren in der malträtierten Muttererde sahen noch recht frisch aus, wie Ruth zu erkennen meinte.

»Oh«, entfuhr es Anita, als sie die Verwüstung bemerkte. »Da hat aber jemand ziemlich gewütet. Es wird Frank das Herz brechen, wenn er davon erfährt.«

70

Die Sache beunruhigte Ruth. Sie öffnete die Eingangspforte und betrat den sich anschließenden Kiesweg. Während sie auf das Haus zuging, wurde die Tür des Nachbargebäudes plötzlich aufgestoßen und ein Mann stürmte heraus. »Wer zum Teufel sind Sie!«, schrie er und rannte auf die Hecke zu, die beide Grundstücke voneinander trennte.

»Polizei«, erwiderte Ruth unaufgeregt, fischte ihren Dienstausweis aus der Tasche und hielt ihn hoch.

»Gut, dass Sie da sind!«, gab der Mann daraufhin ein bisschen ruhiger von sich. Anklagend deutete er über die Hecke. »Sehen Sie sich nur an, was diese Vandalen gestern Nacht aus Herrn Fixlmillners Garten gemacht haben!«

»Haben Sie gesehen, wer's war?«, fragte Anita.

Der Mann schüttelte den Kopf. »Ich habe erst heute Morgen bemerkt, was passiert ist. Es muss vergangene Nacht geschehen sein. Diese Verbrecher sind mucksmäuschenstill vorgegangen. Meine Frau und ich, wir haben einen leichten Schlaf. Von dem, was im Nachbargarten vor sich gegangen ist, haben wir nichts mitgekriegt.«

»Wir kümmern uns darum«, sagte Ruth. »Sie können wieder ins Haus gehen.« Der Mann blieb allerdings, wo er war, und beobachtete, wie die Hauptkommissarin um das Gebäude herumging, um sich hinten umzuschauen. Das rückwärtige Grundstück bestand aus einer weitläufigen Rasenfläche, deren äußerer Rand ebenfalls von Rosenrabatten gesäumt wurde. Diese sahen unberührt aus. Ganz anders verhielt es sich mit der Terrasse. Die Möbel waren umgestoßen und die Polster aufgeschlitzt worden. Dass dieses Zerstörungswerk vollkommen geräuschlos vonstattengegangen sein sollte, konnte sich Ruth nur schwer vorstellen. Aber dann entdeckte sie den Grund, den die Vandalen gehabt haben könnten, sich trotz ihrer rasenden Zerstörungswut leise zu verhalten: In der Glastür der Veranda klaffte ein kreisrundes Loch, genau dort, wo sich der Knauf der Tür befand. Hier waren anscheinend professionelle Einbrecher am Werk gewesen. Warum sie jedoch das Risiko eingegangen waren, zu randalieren und dadurch womöglich entdeckt zu werden, war Ruth ein Rätsel. Selbst wenn die Eindringlinge bei den Zerstörungen bedachtsam vorgegangen waren, war es nicht auszuschließen, dass dennoch ein verräterisches Geräusch die Nachbarn auf den Plan rief. Eine rätselhafte Angelegenheit, die Ruth zu denken gab.

71

»Bei Frank ist eingebrochen worden«, erkannte Anita, die die ganze Zeit hinter der Hauptkommissarin her gestiefelt war.

Ruth streifte sich Einmalhandschuhe über. »Gehen Sie vorne rein«, wies sie ihre Kollegin an. »Ich nehme den Weg, den die Einbrecher genommen haben.«

Anita nickte, zog ihre Dienstwaffe und eilte davon.

Ruth glaubte zwar nicht, dass sie im Gebäude noch jemanden antreffen würden, tat es Anita dennoch gleich und nahm ihre Pistole zur Hand. Aus den Augenwinkeln sah sie, wie der Nachbar angesichts der Waffen fluchtartig davonstürmte.

Sie betrat die Terrasse und drückte die Verandatür mit der freien Hand auf. In dem sich anschließenden Wohnzimmer herrschte ein heilloses Durcheinander. Über den Boden lagen Bücher verstreut, die zuvor in den Regalen gestanden haben mussten, wie die jetzt leeren Fächer verrieten. Seiten waren dutzendweise herausgerissen worden. Die Papierfetzen erinnerten Ruth an die Federn gerupfter Vögel. Bedauernd verzog sie das Gesicht, als sie aufgrund der edlen Aufmachung der Einbände gewahr wurde, dass es sich bei den verschandelten Büchern um Spezialausgaben und Sammlerstücke handelte.

Ein Geräusch ließ sie einen Blick in den Flur werfen. Anita hatte die Eingangstür aufgeschlossen und trat jetzt mit der Waffe in beiden Händen über die Schwelle. Mit einer knappen Kopfbewegung bedeutete sie der Hauptkommissarin, dass sie die Treppe hinaufzugehen gedachte, um sich im oberen Stockwerk umzusehen.

Ruth nickte beiläufig, bewegte sich leise den Flur entlang und huschte in die Küche. Dass Fixlmillner leidenschaftlich gerne kochte, war der Ausstattung deutlich anzusehen. Für diesen Raum schienen sich die Einbrecher allerdings nicht interessiert zu haben, denn es wirkte alles picobello aufgeräumt und sauber.

Ganz anders sah es im nächsten Zimmer aus, das Frank offenbar als Büro diente. Sämtliche Schubladen des Schreibtisches standen offen, überall lagen Papiere und Dokumente verstreut herum. An einer Wand hingen mehrere gerahmte Auszeichnungen, die Fixlmillner während seiner Laufbahn als Rechtsmediziner erhalten hatte. Eine Urkunde war von der Wand gerissen und samt Rahmen auf dem Boden zertrampelt worden.

Ruth kehrte dem Zimmer den Rücken. Als sie in den letzten der Räume, eine Gästetoilette, einen Blick hineinwarf, drangen von oben plötzlich erstickte Laute an ihr Ohr. Jemand röchelte und japste, als würde er gewürgt werden!

Ruth stürmte auf die Treppe zu, nahm immer zwei Stufen auf einmal, während sie mit vorgehaltener Waffe hinaufhastete. Anita befand sich offenkundig in akuter Gefahr!

*

»Nee, das war ich nich!« Joseph Kulka schüttelte so vehement den Kopf, dass sein schütteres Haar erbebte. Er stand Hagen Reese im überdachten Bereich des Ausflugsschiffs gegenüber. »Wenn der olle Peet Willems das behauptet, dann lügt er!«

»Sie haben diese Banderolen also nicht über die Werbetafeln von Herrn Willems geklebt?« Hagen hielt den Papierstreifen hoch, den er von einem Pappschild abgelöst hatte, das auf der Brücke des Neuen Greetsieler Außentiefs aufgestellt gewesen war. Es war ihm auf dem Weg zum Anleger der Ausflugsschiffe aufgefallen. »Gammelfisch an Bord«, stand in dicken handgeschriebenen Lettern darauf geschrieben.

Der Kapitän der KRUMMHÖRN fuchtelte ungehalten mit den Armen. »Wenn ich es doch sage: Ich habe damit nix zu schaffen!«, ereiferte er sich.

Hagen atmete tief durch und rollte die Banderole zusammen. »Wer war es denn sonst?«, fragte er streng.

Joseph Kulka hob die Schultern. »Woher soll ich das denn wiss'n?« Seine Miene verfinsterte sich. »Warum kümmert sich ein Polizeikommissar überhaupt um diese Bagatelle?«

»Wir ermitteln in einem Mordfall«, sagte Hagen ohne Umschweife.

Kulka starrte ihn mit weit aufgerissenen Augen an. »Mord?« Fahrig deutete er auf die Schriftrolle in Hagens Hand. »Was soll dieser Unfug denn mit Mord zu tun haben?«

»Das versuche ich gerade herauszufinden«, erwiderte Hagen. Ihn plagte kein schlechtes Gewissen, weil er dem Kapitän einen Schrecken eingejagt hatte, denn er glaubte dem Mann nicht, dass er mit den Banderolen nichts zu tun hatte. Seine Chefin hätte seine Vorgehensweise womöglich nicht gutgeheißen, aber das war ihm egal. Er wollte endlich Gewissheit haben, ob der Mord an Derek Lopper und der Vorfall an Bord der STÖRTEBEKER irgendetwas miteinander zu tun hatten.

73

»Suchen Sie woanders Ihren Schuldigen«, grummelte Kulka mit finsterer Miene. »Ich hab zu tun.« Er wandte sich ab und begann – planlos, wie es Hagen vorkam – die Platzdecken und die Vasen mit den Plastikblumen auf den Tischen zurechtzurücken. Er humpelte ein wenig und zog sein rechtes Bein nach.

Hagen spitzte die Lippen. Er hatte von dem Kapitän eine andere Reaktion erwartet. Doch anstatt zuzugeben, dass er die Schilder seines Konkurrenten überklebt hatte, versuchte er, sich aus der Affäre zu ziehen. »Es wäre besser für Sie, diese Sache zuzugeben!«, rief er und wedelte dabei mit der Papierrolle. »Dann können wir das abschließen!«

»Gehen Sie mir aus den Augen!«, fuhr Kulka ihn an. »Ich habe Ihnen nichts mehr zu sagen!«

Hagen seufzte entnervt. Der Versuch, zu dem Mann durchzudringen, war an dessen ostfriesischer Sturheit gescheitert. Missmutig trat er den Rückzug an und verließ das Schiff. Er folgte dem Weg den Deich hinauf – und blieb plötzlich stehen. Eines der hinter dem Damm liegenden Häuser wurde gerade saniert. Ein hoher Gitterzaun umgab die Baustelle. Dahinter stapelte sich verschiedenes Material, darunter auch Kupferrohre und andere wertvolle Stoffe. Um Diebe abzuschrecken, überragte eine auf einen Mast gepflanzte Überwachungskamera das Grundstück. Das Bildaufnahmegerät drehte sich langsam, und ein rotes Lämpchen blinkte.

Hagen wandte sich um und versuchte abzuschätzen, wie weit der Aufnahmeradius der Kamera reichte. Sowohl der Anleger der Ausflugsschiffe als auch die Brücke wurden unter anderem von dem Objektiv erfasst. Fest entschlossen, herauszufinden, ob er richtiglag, spazierte er auf die Baustelle zu.

*

Die alarmierenden Geräusche kamen aus dem Badezimmer, stellte Ruth fest. Mit einem Satz sprang sie vor die offen stehende Tür. Als sie Anita vor der Toilette kauern sah, den Kopf in die offene Kloschüssel gesteckt, ließ sie den Waffenarm überrascht sinken. Erneut würgte die Kommissarin und erbrach sich geräuschvoll, ein furchtbarer Laut, der klang, als würde Anita stranguliert werden.

»Was ist mit Ihnen?«, erkundigte sich Ruth. »Haben Sie etwa doch von dem vergifteten Geburtstagsbuffet gegessen?«

74

Anita setzte sich rittlings auf den gekachelten Boden und schüttelte den Kopf. Sie strich sich Haarsträhnen aus dem Gesicht und wandte sich Ruth halb zu. »Mir wird nur manchmal schlecht«, sagte sie, riss ein Stück Toilettenpapier ab und wischte sich den Mund. »Ich bin schwanger«, sagte sie dann.

»Oh«, machte Ruth. »Das wusste ich nicht.«

»Können Sie ja auch nicht wissen.« Anita kämpfte sich auf die Beine. »Ich habe es bis jetzt niemandem gesagt. Felix hat auch noch keine Ahnung.«

Ruth steckte die Waffe ins Holster, fest entschlossen, den Verweis auf ihren Lebensgefährten zu überhören.

»Weil mir übel war, habe ich Franks Büffet nicht angerührt«, erklärte Anita.

»Es stimmt also gar nicht, dass Sie keinen Fisch mögen?«

Anita legte die Hand auf ihren Unterleib und schüttelte den Kopf. »Das habe ich nur gesagt, um nicht zugeben zu müssen, dass ich schwanger bin.« Sie atmete tief durch. »Ich bin froh, dass ich die Leckereien nicht angerührt habe. Der Fugu wäre dem Winzling in meinem Bauch sicher schlecht bekommen.«

Die Worte wühlten Ruth innerlich auf. Die Vorstellung, dass ein ungeborenes Kind an dem Gift hätte sterben können, war entsetzlich. Dennoch wusste sie nicht, was sie in dieser Situation jetzt sagen sollte. Vage deutete sie in den Flur. »Was ist mit den anderen Zimmern?«, fragte sie.

Anita winkte ab. »Mit denen bin ich durch. Sie sind verlassen. Es sieht nicht so aus, als wären die Einbrecher hier oben gewesen.«

Ruth verließ das Bad und suchte nach Fixlmillners Schlafzimmer, das sie auf Anhieb fand. Sie begab sich zum Kleiderschrank, nahm einen frischen Pyjama heraus und legte ihn aufs Bett. Kurz darauf trat Anita hinzu und half Ruth, die Dinge auf der Liste des Rechtsmediziners zusammenzusuchen.

»Glauben Sie, Felix würde sich freuen, wenn er von meiner Schwangerschaft erfährt?«, fragte Anita unvermittelt, während sie eine Reisetasche aus einem Schrankfach zog.

Ruth wirbelte zu der Frau herum, funkelte sie wütend an. »Was soll diese Frage?«

Anita hob verlegen eine Schulter. »Nun ja, es könnte ja durchaus sein …«

75

»Dass er der Vater ist?« Ruth stieß ein kurzes, freudloses Lachen aus. »Davon träumen Sie doch nur!«

Anita betrachtete die Hauptkommissarin prüfend. »Wie können Sie bloß so sicher sein …«

»Weil ich Felix offenbar besser kenne als Sie.« Ruth atmete einmal tief durch. »Ich weiß nicht, warum Sie es darauf anlegen, mich zu provozieren«, sagte sie und stopfte ein paar Unterhosen in die Tragetasche. »Aber ich werde schon noch dahinterkommen.«

Anita presste fest die Lippen aufeinander. Schweigend verließ sie den Raum und kehrte kurz darauf mit einer Zahnbürste, Zahnpasta und Duschgel in den Händen zurück. Unwirsch schob sie alles zwischen die Wäschestücke in die Reisetasche.

Schließlich war Fixlmillners Liste abgearbeitet und alles verstaut. Ruth hängte sich das Gepäckstück über die Schulter. »Wir sind hier fertig«, sagte sie. »Wenn wir noch einen Kollegen der Spurensicherung erübrigen können, sollte er sich hier einmal umsehen.«

Anita folgte ihr aus dem Haus. »Armer Frank«, seufzte sie, während sie den Vorgarten durchquerten. »Sollen wir ihm überhaupt sagen, dass bei ihm eingebrochen wurde? Er darf sich in seinem angegriffenen Zustand nicht aufregen.«

Ruth öffnete die Heckklappe ihres Wagens und legte die Reisetasche hinein. »Ich werde es ihm schonend beibringen«, sagte sie und warf die Klappe zu.

»Warum? Ich halte es für besser, es ihm nicht …«

»Finden Sie es denn nicht auch seltsam, dass dieser Einbruch ausgerechnet jetzt über die Bühne gebracht wurde?«, unterbrach sie ihre Kollegin mit einer Frage.

Anita furchte die Stirn. »Was wollen Sie damit andeuten?«

Ruth setzte sich hinters Lenkrad. »Dass derjenige oder diejenigen, die in das Haus eingestiegen sind, gewusst haben dürften, dass der Besitzer nicht zu Hause ist, weil er im Krankenhaus liegt.«

Anita nahm auf dem Beifahrersitz Platz. »Einbrecher spähen ihre Objekte vorher aus. Das ist kein Geheimnis.«

Ruth startete den Motor. »Das hier war mehr als ein gewöhnlicher Einbruch«, sagte sie und fuhr los. »Jemand hat im Garten und im Haus ordentlich Frust abgelassen. Es wurden gezielt Dinge zerstört, die Frank etwas bedeuteten. Er sollte persönlich getroffen werden.«

»Ein Racheakt also?«

76

Ruth nickte gewichtig. »Erst wird seine Geburtstagsfeier torpediert, und in der darauffolgenden Nacht sein Eigenheim verwüstet. Jemand will unserem Rechtsmediziner ans Leder, und wir müssen herausfinden, wer das ist. Dafür ist es unerlässlich, dass wir Frank von diesem Einbruch berichten.«

*

Hagen Reese ließ den Speicherstick spielerisch durch die Finger gleiten, während er auf die KRUMMHÖRN zumarschierte. Leichtfüßig sprang er an Bord, aber nach Joseph Kulka sah er sich in dem Gästeraum vergebens um. Er fand den Kapitän schließlich im Steuerhaus.

»Ich habe Sie bereits herbeieilen sehen«, sagte Kulka spöttisch, als Hagen eintrat. »Was wollen Sie mir denn diesmal vorwerfen? Dass ich ins Hafenbecken gespuckt habe?«

Hagen hielt den Speicherstick hoch. »Ich habe hier den Beweis in Händen, dass Sie die Banderolen auf die Schilder von Herrn Willems geklebt haben. Ich kann Ihnen sogar die exakte Uhrzeit nennen: Es geschah um vier Uhr fünfzehn heute früh.«

Der Kapitän schluckte trocken.

»Eine Überwachungskamera hat Sie gefilmt«, erläuterte Hagen. »Leugnen hat also keinen Sinn.«

Kulkas Stirn umwölkte sich. »Na und. Dann habe ich dem ollen Peer Willems eben eine ausgewischt. Das ist vielleicht eine Regelwidrigkeit, aber kein Verbrechen. Und Mord schon gar nicht!«

»Die Baufirma, von der ich diese Videoaufzeichnungen habe, bewahrt die Dateien eine Woche lang auf«, fuhr Hagen mit den Erläuterungen fort. »Es befindet sich also Filmmaterial von sieben Tagen auf dem Server.«

»Was Sie nich sag'n«, tat Kulka gelangweilt.

»Da ich schon mal dabei war, die Videoaufnahmen zu sichten, habe ich es mir im Bauwagen gemütlich gemacht und mir auch die Aufzeichnungen der zurückliegenden Tage angesehen.«

Der Kapitän starrte ihn unwillig an. »Warum muss ich mir das eigentlich anhör'n?«

»Weil Sie mehrmals auf den Aufnahmen zu sehen sind«, gab Hagen zurück.

77

»Ach nee. Das sollte mich wundern, wo ich doch fast jeden Tag hier zu tun habe«, ätzte Kulka.

Hagen ließ sich nicht beirren. »Was haben Sie vorgestern Nacht auf dem Schiff Ihres Konkurrenten zu suchen gehabt?«, fragte er seelenruhig. Erneut wedelte er mit dem Speicherstick. »Leugnen hat keinen Sinn. Das Geschehen ist hier Byte für Byte abgespeichert.«

»Ich kann mich nicht daran erinnern«, behauptete Kulka.

»Die Videodatei zeigt, wie Derek Lopper abends um kurz vor acht mit seinem Fischerboot hier am Pier festmacht und einige Kisten mit filetiertem Fisch auslädt. Peet Willems nimmt sie in Empfang und trägt sie hinüber in die STÖRTEBEKER.«

Kulka verzog säuerlich das Gesicht. »Na sowas.«

»Etliche Stunden später, so um halb drei Uhr nachts, erscheinen Sie plötzlich auf der Bildfläche und schleichen sich an Bord der STÖRTEBEKER, des Schiffs Ihres Konkurrenten Peet Willems.« Da es zu diesem Zeitpunkt nachtdunkel und diesig gewesen war, konnte auf der Videoaufzeichnung nicht allzu viel erkannt werden. Der humpelnde Gang der abgelichteten Person ließ Hagen jedoch nicht zweifeln, dass es sich um Joseph Kulka handelte.

Der Kapitän wandte sich dem Kommissar nun gänzlich zu. Ein grimmiger Ausdruck lag auf seinem wettergegerbten Gesicht. »Der olle Peet ist ein Verbrecher!«, stieß er unvermittelt aus. »Und das wollte ich in jener Nacht beweisen!«

Hagen blinzelte überrumpelt. »Das müssen Sie mir genauer erklären.«

Kulka legte die Hand auf das Steuerruder. »Peet Willems und seine Frau ... das sind beide Schmuggler.« Er verzog den Mund zu einem spöttischen Lächeln. »Aber davon hat die Polizei keinen Schimmer, nicht wahr?«

Hagen zuckte vage mit den Schultern. »Soweit ich informiert bin, nein«, musste er einräumen.

»Sehen Sie.« Kulka nickte ernst. »Die beiden ziehen ihr Ding seit Jahren unentdeckt durch.«

Hagen wechselte von einem Standbein auf das andere. Der Kapitän hatte ihn mit seiner Behauptung gehörig aus dem Konzept gebracht. Eben noch hatte er geglaubt, den Mann am Wickel zu haben, aber jetzt entschlüpfte er ihm wie ein nasser Fisch. »Das sind schwere Anschuldigungen, die Sie da erheben«, sagte er und steckte den Speicherstick in die Hosentasche.

»Darum wollte ich ja auch Beweise sammeln«, erwiderte Kulka. »Also bin ich nachts an Bord der STÖRTEBEKER geschlichen. Ich wusste, dass der olle Peet am nächsten Morgen eine Tour hatte und mit seinen Gästen die Emsmündung entlangschippern würde. Da verläuft auch die Grenze nach Holland, wo seine Komplizen herkommen. Die gehen mit einem Boot beim Ausflugsschiff längsseits und ziehen den Deal ab.«

»Was denn für einen Deal?«, fragte Hagen.

»Na was wohl: Drogen. Die geben Peet Willems kistenweise irgendwelche Drogen und er wirft zum Austausch einen Koffer voller Geldscheine zu ihnen rüber. Die Drogen holen die Auftraggeber des Ganzen später dann in Greetsiel ab, nachdem die STÖRTEBEKER von ihrer Fahrt zurück in den Hafen is'.«

Hagen rieb sich den Hals. »Die Willems sind Ihrer Meinung nach also Drogenkuriere?«

»Worauf Sie Gift nehmen können!«

»Gibt es dafür irgendwelche Beweise?«

»Ich habe vor einigen Tagen mal gesehen, wie dieser Tausch in der Emsmündung vonstattenging«, sagte Kulka. »Als die Routen unserer Schiffe sich mal gekreuzt hatten. Und in jener Nacht, die Sie da auf Video haben, wollte ich an Bord der STÖRTEBEKER Beweise sammeln, ohne die ihr Polizisten einem ja nix glaubt.«

Hagen sah ihn fragend an. »Und?«

»Ja, nix und!«, belferte der Kapitän. »Ich bin an Bord des Ausflugsschiffs, aber in den Kisten im Kühlraum war nur Fisch. Weiß der Henker, wo die Willems das Geld ihrer Auftraggeber verstecken. Jedenfalls nicht da, wo sie die Ware für die Verköstigung der Gäste aufbewahren.«

»Sie haben also nichts Verdächtiges gefunden«, fasste Hagen zusammen.

»Ne. Also bin ich wieder von Bord.« Kulka hob mahnend den Zeigefinger. »Doch das soll nix heißen. Der olle Peet und seine Frau, das sind Gauner, das müssen Sie mir glaub'n!«

Hagen stieß einen genervten Seufzer aus. »Das ist wirklich eine haarsträubende Geschichte, die Sie mir da auftischen wollen«, merkte er freudlos an.

»So war es aber!«, begehrte Kulka auf. Er winkte ab. »Womöglich haben die Willems ihre Machenschaften diesmal bleiben lassen, weil sich während der Ausflugsfahrt ja ein Haufen Polizisten an Bord aufgehalten hatten. Davon habe ich erst später erfahren, sonst hätte ich meinen Spionageeinsatz nämlich unterlassen und ein andermal durchgezogen, wenn keine Gesetzeshüter unter seinen Gästen gewesen wär'n.«

Hagen atmete tief durch. »Ich weiß nicht, ob ich Ihnen das alles glauben soll.«

»Glauben Sie, was Sie woll'n!«, schimpfte Kulka. »Eines Tages, wenn rauskommt, was die Willems so treiben, werden Sie an mich denken und sich ärgern, weil Sie mich für einen Spinner gehalten hab'n.« Er drehte sich den Apparaten zu. »Und nun entschuldigen Sie mich. Ich habe nachher eine Rundfahrt zu absolvieren und muss den Motor meiner KRUMMHÖRN überprüfen.«

Hagen stand einen Moment lang unschlüssig da. Doch schließlich blieb ihm nichts anderes übrig, als das Feld zu räumen. Unzufrieden vor sich hin schimpfend verließ er das Ausflugsschiff und machte sich auf den Weg zur Polizeiwache.

Alles, was er hatte herausfinden können, war, dass Joseph Kulka die Banderolen über die Werbetafeln von Peet Willems geklebt und sich in der Mordnacht an Bord der STÖRTEBEKER geschlichen hatte. Seinen eigenen Worten nach hatte er die Fischkisten von Derek Lopper in Augenschein genommen. Doch das besagte gar nichts, und beweisen ließ sich damit schon lange nichts. Joseph Kulka war, als Derek Lopper ermordet worden war, im Hafen von Greetsiel gewesen, das war das Einzige, was Hagen dank der Videoaufzeichnungen mit Sicherheit wusste. Mit dem Mord an dem alten Fischer konnte er also nichts zu tun haben. Aber das war als Ermittlungsergebnis verdammt wenig, wie er sich verärgert eingestehen musste.

*

Anita ließ sich von Ruth nicht abwimmeln. Sie wollte unbedingt mitkommen, wenn die Hauptkommissarin Felix, Frank und dem Staatsanwalt in ihrem Krankenzimmer einen weiteren Besuch abstattete. »Das sind *meine* Kollegen«, insistierte sie, nachdem Ruth ihr aufgetragen hatte, zum Sitz des Energieunternehmens *Strombrise* zu fahren, um dort endlich mit den Nachforschungen zu beginnen. »Sie können mich nicht einfach ausschließen.« Um ihre Worte zu bestärken, riss sie Fixlmillners Reisetasche an sich.

80

»Also gut«, lenkte Ruth ein. »Eine große Hilfe bei der Polizeiarbeit sind Sie mir allerdings nicht.«

»Ich habe eben meine eigenen Methoden«, gab Anita frostig zurück. »Und die haben sich bisher meist als zielführend erwiesen.«

Die beiden Kriminalistinnen verließen den Krankenhausfahrstuhl und schritten auf das Patientenzimmer mit der Nummer 34 zu. Henning Lindau las gerade in einer Zeitung, als die Frauen den Raum betraten. Felix hatte Kopfhörer aufgesetzt und hörte Musik, während Frank Fixlmillner die Augen geschlossen hielt. Unter seiner Bettdecke wippten unruhig seine Zehen. Er war also wach und dämmerte nur still vor sich hin.

Trotz dieses eher alltäglichen Bildes eines Krankenzimmers beschlich Ruth sofort der Eindruck, dass eine lastende Atmosphäre über den Männern schwebte.

Felix nahm die Kopfhörer ab. Leise Jazzmusik drang aus den Hörmuscheln. »Hallo«, sagte er kraftlos.

Ruth furchte besorgt die Stirn. »Was ist denn los?«, fragte sie beunruhigt.

»Was soll schon los sein?«, sagte Anita, ehe Felix etwas erwidern konnte. »Unsere Kollegen sind erschöpft und bedürfen der Ruhe.« Sie deutete zu Fixlmillner hinüber. »Und Frank ganz besonders«, sagte sie eindringlich, um Ruth einmal mehr zu bedeuten, wie sehr sie es missbilligte, ihm von dem Einbruch in sein Haus zu berichten.

Lindau ließ die Zeitung sinken und sah herüber. »Wir mussten eben erfahren, dass Gesa Blum gestorben ist«, sagte er rau. »Sie hat es nicht geschafft.«

Anita ließ die Reisetasche fallen und taumelte einen Schritt zurück. Entsetzt presste sie die Faust vor den Mund und gab einen erstickten Schrei von sich.

»Wie traurig«, sagte Ruth betroffen. »Das ist eine schlimme Nachricht.«

Frank öffnete die Augen. Sie schimmerten feucht, und in seinem Blick lag ein melancholischer Ausdruck. »Meine Geburtstagsfeier hat ein Menschenleben gefordert«, sagte er mit belegter Stimme. »Gesa, unsere Laborantin … sie war zu zart und gebrechlich …« Er war nicht fähig weiterzusprechen und wischte sich die Augen.

Anita wirbelte herum und stürzte davon. Sie riss die Tür zum Badezimmer auf und verschwand darin. Kurz darauf waren würgende, erstickte Laute zu hören.

Ruth hob beschwichtigend die Hände. »Keine Angst, es geht ihr gut, sie ist bloß schwanger«, fühlte sie sich aufgefordert den Männern zu erklären, in deren Gesichtern sich die Sorge abzeichnete, bei Anita könnten sich nun ebenfalls Symptome einer Fischvergiftung zeigen. Ohne es wirklich zu wollen, sah sie Felix dabei ein bisschen seltsam an, was ihrem aufmerksamen Liebhaber natürlich nicht entging.

»Ich habe damit nichts zu tun, wenn du das glaubst«, scherzte er matt.

Ruth hob verlegen eine Schulter. »Anita möchte mich dies anscheinend glauben machen.«

Felix verdrehte die Augen. »Sie stiftet gerne Verwirrung. Das ist so eine Marotte von ihr. Gib nichts auf ihre Behauptungen.«

»Das hatte ich auch nicht vor.«

»Haben Sie bezüglich des vergifteten Buffets irgendwelche Neuigkeiten für uns?«, fragte Henning Lindau und raschelte dabei vernehmlich mit der Zeitung. »Wer immer dafür verantwortlich ist, muss zur Rechenschaft gezogen werden!«

»Vielleicht hat Hagen was herausgefunden«, sagte Ruth. »Ich werde nachher mit ihm telefonieren.« Sie schob einen Stuhl in den schmalen Freiraum zwischen Felix' und Franks Bett. Eindringlich sah sie den Rechtsmediziner an. »Fühlen Sie sich stark genug, eine weitere unerfreuliche Nachricht zu verdauen?«, fragte sie.

Frank sah sie mit finsterer Miene an. »Was kommt denn jetzt? Ist etwa ein weiterer meiner Partygäste …«

»Es geht um etwas anderes«, sagte Ruth rasch.

Fixlmillner ließ den Kopf ins Kissen sinken und sah zur Zimmerdecke empor. »Schießen Sie los. Ich mag zwar angeschlagen wirken, aber das ist noch lange kein Grund, mich mit Samthandschuhen anzufassen.«

Ruth nickte. »Als wir Ihre Sachen geholt haben, mussten wir leider feststellen, dass in Ihr Haus eingebrochen wurde.« Kurz schilderte sie ihr Erlebnis, ohne dabei allzu sehr ins Detail zu gehen.

»Ist denn etwas gestohlen worden?«, wollte Frank wissen. Er starrte noch immer die Zimmerdecke an.

»Soweit ich das beurteilen kann, nein«, sagte Ruth. »Das wird abschließend nur mit Ihrer Hilfe festgestellt werden können. Ich hatte allerdings nicht den Eindruck, dass ein wertvoller Gegenstand entwendet wurde. Fernseher, Musikanlage, PC … alles war noch da.«

»Es gibt einen Safe in meinem Schlafzimmer. Der ist hinter meinem Ankleidespiegel verborgen.«

»Wir haben Grund zu der Annahme, dass der oder die Täter sich nur im Erdgeschoss aufgehalten haben.«

Frank sah sie an. »Was verschweigen Sie mir?«

»Es hat ganz den Anschein, dass es den Tätern darum ging, größtmöglichen Schaden anzurichten. Und zwar hauptsächlich in Bereichen, die Sie besonders schmerzen dürften.«

Fixlmillner setzte sich abrupt auf. »Meine Rosen!«, rief er mit kratzender Stimme.

Ruth stand auf und drückte den Rechtsmediziner zurück auf die Matratze. »Ich werde nicht weiterreden, wenn Sie sich nicht sofort beruhigen«, mahnte sie.

Frank nickte gefasst. »Also doch die Rosen«, konstatierte er.

»Unter anderem.« Ruth setzte sich wieder.

»Was noch?«, verlangte Frank zu wissen.

Ruth verzog bedauernd das Gesicht. »Ihre Büchersammlung hat gelitten – und Ihre Büroeinrichtung ebenfalls.«

Felix schaltete sich ein. »Bei Frank wird eingebrochen und randaliert, während er im Krankenhaus liegt … und das, nachdem seine Geburtstagsparty torpediert wurde? Das kann unmöglich ein Zufall sein!«

»Um das zu klären, habe ich mich überhaupt dazu durchgerungen, diesen Einbruch jetzt zu erwähnen«, sagte Ruth.

Frank schüttelte matt den Kopf. »Eine beunruhigende Vorstellung, dass es da einen Zusammenhang geben könnte.« Er ballte die Fäuste. »Um Gesa Blums willen müssen wir es herausfinden!« Erneut sah er Ruth an. »Schildern Sie mir genau, wie es im Garten und im Erdgeschoss ausgesehen hat.«

Ruth atmete einmal tief durch. Dann begann sie zu erzählen. Währenddessen kehrte Anita aus dem Badezimmer zurück. Wortlos setzte sie sich in den Besuchersessel, verschränkte die Arme vor der Brust und starrte finster vor sich hin.

Als Ruth den Zustand des Büros schilderte, hob Frank plötzlich die Hand. »Nur eine meiner gerahmten Auszeichnungen wurde von der Wand gerissen?«, hakte er nach. »Welche genau war das?«

»Ich habe sie mir nicht genauer angesehen«, erwiderte Ruth.

»Aber Sie erinnern sich noch, an welcher Stelle der Rahmen gehangen hat?«

»Ja. Genau in der Mitte.«

Fixlmillner legte die Stirn in Falten. »Da hing eine Spaßurkunde, die die Studenten der Niedersächsischen Polizeiakademie mir überreicht haben, weil sie von meiner Gastvorlesung so begeistert gewesen waren«, erinnerte er sich. »Ich erläuterte den Studenten die Arbeit eines Rechtsmediziners an einem Fallbeispiel. Dabei ging es um einen Mann namens Hajo Dohnal.« Frank lächelte mit einem Mundwinkel. »Der Name steht sogar auf der Urkunde. Das mag ein bisschen grenzgängig erscheinen, dieses Dokument war allerdings auch nicht ernst gemeint. Es war ein Jux, gepaart mit Anerkennung für meine Arbeit.«

Ruth hörte geduldig zu. Dass Frank so ausführlich von diesem gerahmten Dokument erzählte, zeigte ihr, wie viel ihm diese humorvolle Auszeichnung bedeutete. Daher hakte sie nach: »Was hatte es mit diesem Hajo Dohnal denn auf sich?«

»Es ging um fahrlässige Tötung«, antwortete Fixlmillner. »Zumeist sind das Begebenheiten, die mit Verkehrsunfällen in Zusammenhang stehen, die durch rücksichtsloses oder riskantes Fahrverhalten ausgelöst werden. Hier aber kam die Freundin von Herrn Dohnal bei einem Treppensturz zu Tode. Er behauptete, sie sei gestolpert und unglücklich gefallen. Da Herr Dohnal wegen Körperverletzung vorbestraft war, wurde eine genauere Untersuchung des Vorfalls angeordnet. Bei der Obduktion der Leiche entdeckte ich dann auch Spuren, die auf Handgreiflichkeiten hindeuteten. Würgemale und blaue Flecke. Das Prekäre war jedoch, dass Hajo Dohnal versucht hatte, diese Spuren unkenntlich zu machen, indem er mit einem Kantholz auf den Leichnam der Frau einschlug, bevor er dann den Notruf wählte. Dabei entstanden Blessuren, die die verräterischen Hämatome aussehen lassen sollten, als wären sie beim Treppensturz entstanden. Da diese Verletzungen dem Opfer post mortem zugefügt wurden, unterschieden sie sich ein wenig von den Wunden, die während des tödlichen Sturzes entstanden sind. Das konnte ich schließlich nachweisen, was gar nicht so einfach gewesen war. Meine Untersuchungsergebnisse trugen schließlich dazu bei, den Mann zu überführen. Er hatte seine Freundin im Streit misshandelt, dabei verlor sie das Gleichgewicht und fiel die Treppe hinunter, wobei sie sich das Genick brach.« Fixlmillner hob eine Schulter. »Diese Untersuchung war ein gutes Beispiel dafür, was Forensik ans

Tageslicht fördern kann, wenn sie gründlich und gewissenhaft durchgeführt wird. Darum wählte ich diesen Fall als Beispiel für meinen Gastvortrag.«

»Hajo Dohnal wurde also der fahrlässigen Tötung überführt«, sagte Ruth.

»Er bekam fünf Jahre, das Höchstmaß, weil er nachweislich versucht hatte, die Spuren zu beseitigen, die seine Mitschuld am Tod seiner Freundin bewiesen hätten«, ergänzte Frank. Er furchte die Stirn und sah plötzlich sehr nachdenklich aus. »Wenn ich mich recht entsinne, liegt die Verurteilung dieses Mannes jetzt fünf Jahre zurück.«

»Aha.« Ruth ließ das Erzählte einen Moment auf sich wirken. »Hajo Dohnal könnte sich also wieder auf freiem Fuß befinden«, sagte sie dann in die Stille hinein. »Ich werde dieser Sache nachgehen.«

»Da haben wir vielleicht ja schon einen Kandidaten, der für die Vergiftung des Geburtstagsbuffets verantwortlich sein könnte«, warf Henning Lindau ein.

»Wir werden sehen.« Ruth stand auf und trug den Stuhl an seinen Platz zurück. »Das war jetzt genug Aufregung für Sie«, sprach sie die Männer an. »Anita und ich werden Sie jetzt in Ruhe lassen.«

Bevor sie ging, trat sie rasch an Felix' Bett und hauchte ihm einen Kuss auf die Stirn. Anita winkte ihm kokett zu, während sie Ruth hinausfolgte.

»Sie waren ungewöhnlich still«, sagte Ruth und steuerte die Fahrstühle an.

Anita seufzte. »Wegen Gesa Blum. Ihr Tod ist mir sehr nahegegangen.«

»Ich musste den Männern verraten, dass Sie schwanger sind«, sagte Ruth unvermittelt.

Wie vom Donner gerührt blieb Anita stehen. »Was maßen Sie sich an?«

Ruth hielt im Schritt inne und sah ihre Kollegin gelassen an. »Sie sind selbst schuld«, sagte sie unaufgeregt. »Ich musste es erwähnen, allein schon, um Felix' Reaktion zu testen. Hören Sie auf, Ihre Spielchen mit mir zu treiben, dann geschieht auch nichts, was für Sie unangenehm werden könnte.«

»Wollen Sie mir etwa drohen?«, fragte Anita, während sie erneut hinter Ruth hereilte.

85

»Soll ich den Besuch beim Energieunternehmen für Sie übernehmen?«, wechselte Ruth das Thema und drückte den Ruftaster des Lifts.

»Nicht nötig«, fuhr Anita sie an. »Ich werde mich nachher auf den Weg dorthin machen.«

Schweigend fuhren sie mit der Kabine ins Erdgeschoss hinab und verließen die Klinik. Auf dem Parkplatz verabschiedeten sie sich mit ein paar frostig hingeworfenen Wörtern voneinander. Ruth stieg in ihren Wagen und fuhr kurz darauf los. Sie hupte, als sie an Anita vorbeifuhr. Aber die Kommissarin reagierte nicht. Mit finsterer Miene starrte sie vor sich auf den Asphalt, während sie gemessenen Schrittes die parkenden Autos entlangging.

Kapitel 6

Den Rest ihres Arbeitstages verbrachte Ruth Fasan in ihrem Büro in der Greetsieler Polizeiwache. Ausführlich berichtete sie Hagen von ihren Erlebnissen. Der junge Kommissar hörte mit angespannter Miene zu. Hin und wieder schüttelte er bestürzt den Kopf, und als Ruth ihm vom Tod der Laborantin Gesa Blum erzählte, sackte er in seinem Bürosessel förmlich in sich zusammen.

Nachdem Ruth geendet hatte, war Hagen an der Reihe, von seinem Tag zu berichten. Seine Schilderung über die Begegnung mit Kapitän Joseph Kulka erschien Ruth allerdings ein wenig zu vage, sodass sie mehrmals nachhaken musste, bis Hagen ihr alle Einzelheiten erzählt hatte. Er erachtete die Ausbeute seiner Arbeit als unzureichend und glaubte daher, einige Details nicht erwähnen zu müssen. Aber damit ließ Ruth ihn nicht durchkommen. Haarklein wollte sie wissen, was ihr Kollege ermittelt hatte.

Als sie endlich zufrieden war, rollte sie mit ihrem Bürosessel zu Hagens Schreibtisch hinüber. »Und jetzt sehen wir uns gemeinsam die Aufzeichnungen der Überwachungskamera an«, verkündete sie. »Ich interessiere mich besonders für die Aufnahmen, die zeigen, wie Joseph Kulka sich an Bord der STÖRTEBEKER schleicht.«

Hagen steckte den Speicherstick in einen Slot, rief die betreffende Datei auf und startete die Filmsequenz.

»Es ist nicht zu erkennen, ob Herr Kulka irgendetwas bei sich hat«, stellte Ruth leicht verärgert fest.

Hagen zog die Augenbrauen zusammen. »Sie meinen Kugelfisch zum Beispiel?«

Ruth nickte. »Er hätte die Gelegenheit gehabt, den giftigen Fisch an Bord zu bringen.«

»Dass Peer und Eike Willems dafür verantwortlich sind, schließen Sie aus?«

»Nicht zwangsläufig.« Ruth lehnte sich in ihren Bürosessel zurück, den Blick auf den Bildschirm gerichtet. »Für wie glaubwürdig erachten Sie die Anschuldigungen von Herrn Kulka?«

»Dass die Willems während der Ausflugsfahrten Schmuggel betreiben?« Hagen zuckte mit den Schultern. »Joseph Kulka hat ziemlich viel gesagt, was sich am Ende als unwahr herausgestellt hat. Von daher …« Er beendete den Satz mit einer vagen Handbewegung.

87

»Mal angenommen, er liegt mit seinem Verdacht richtig«, sagte Ruth. »Wäre es da nicht denkbar, dass die Willems das Buffet vergiftet haben, um die Polizisten, die sich an Bord aufhielten, auszuschalten, damit sie ihren Deal unbemerkt über die Bühne ziehen konnten?«

Hagen sah seine Chefin skeptisch an. »Und dabei riskieren, dass ihr Ruf als Initiatoren von Ausflügen ruiniert wird?« Er schüttelte den Kopf. »Sie vergessen, dass Sie, Anita Schadel und ich nichts von dem Buffet gegessen hatten. Es wäre uns nicht entgangen, wenn ein Boot bei unserem Schiff längsseits gegangen wäre und schließlich daran festgemacht hätte. Wir haben uns oben auf dem Freideck aufgehalten und hatten trotz des Nebels gute Sicht auf die unmittelbare Umgebung der STÖRTEBEKER. Ich habe jedoch kein Boot gesehen.« Erneut schüttelte er den Kopf. »Für mich klingt diese Schmuggelgeschichte nicht plausibel.«

»Womöglich kam es wegen der schlechten Sichtverhältnisse gar nicht zu dieser Übergabe«, ließ Ruth nicht locker.

»Ich kann dem Ehepaar ja mal auf den Zahn fühlen, wenn Sie wollen«, lenkte Hagen ein. »Aber ich verspreche mir davon eigentlich nichts.«

»Es gilt auch noch abzuklären, ob nicht eventuell Derek Lopper der Schuldige ist«, sagte Ruth.

Hagen rieb sich den Nacken und stieß hörbar Luft aus. »Man kann Ihnen wirklich nicht vorwerfen, nicht gründlich genug zu ermitteln«, merkte er an. Er wandte sich seiner Chefin zu, indem er sich mit dem Sessel zu ihr umdrehte. »Was ist mit diesem Häftling, der womöglich entlassen wurde, weil er seine Strafe abgesessen hat. Sollten wir uns nicht lieber auf den konzentrieren?«

Ruth wies auffordernd auf Hagens Schreibtisch. »Nur zu. Tun Sie sich keinen Zwang an.«

Hagen räusperte sich und klinkte sich mit seinem Computer in die Polizeiarchive ein. »Hajo Dohnal hat in der Justizvollzugsanstalt Oldenburg eingesessen«, fand er schließlich heraus. »Er wurde vor drei Monaten entlassen.«

»Wie lautet sein aktueller Aufenthaltsort?«, erkundigte sich Ruth.

Hagen durchstöberte die elektronischen Akten eine Weile. »Seinen letzten bekannten Wohnsitz hatte er in Bremen gehabt. Dort ist er allerdings vor Wochen ausgezogen. Wo er sich jetzt aufhält, darüber liegen keine Informationen vor.« Er griff zum Telefon und rief bei der Dienststelle an, die die Daten erhoben hatte. Der zuständige Kollege konnte ihm allerdings nicht sagen, wo Hajo Dohnal derzeit weilte, versprach aber, sich zu erkundigen und sich zu melden, falls er etwas herausfand.

Mit einem enttäuschten Schulterzucken legte Hagen den Telefonhörer auf die Station. »Das hat uns nicht wirklich weitergebracht«, nörgelte er.

»Abwarten.« Ruth stand auf. »Es gibt auch so genug für uns zu tun.«

Hagen erhob sich ebenfalls, einen fragenden Ausdruck auf seinem Gesicht, als erwartete er Anweisungen.

»Sie befragen erneut die Schwester von Derek Lopper«, bestimmte Ruth daraufhin. »Womöglich können Sie ihr eine Bemerkung entlocken, ob unser Mordopfer einen Grund hatte, das Geburtstagsbuffet von Frank Fixlmillner zu vergiften. Und ich knöpfe mir Peet und Eike Willems vor und versuche herauszufinden, ob an den Anschuldigungen ihres Konkurrenten etwas dran ist.« Sie griff nach ihrem Mantel. »Morgen treffen wir uns dann hier im Büro und berichten uns gegenseitig.« Sie hob grüßend die Hand, wünschte ihrem Partner viel Erfolg und verließ das Zimmer.

Hagen legte die Hand auf den Bauch und verzog leicht das Gesicht. Er verspürte großen Hunger, war jedoch fest entschlossen, Dünya zuliebe standhaft zu bleiben und bis zum Sonnenuntergang weder zu essen noch zu trinken.

*

Der darauffolgende Morgen hüllte das weltbekannte Fischerdorf in ein filigranes Kleid aus Nebel und Dunst. Wie Juwelenbesatz schimmerten die beleuchteten Fenster und die Straßenlaternen aus dem trüben Grau hervor. Ruth vermochte kaum mehr als hundert Meter weit zu sehen, als sie sich zu Fuß zur Polizeiwache aufmachte. Die Positionslichter der im Hafen liegenden Krabbenkutter wankten hypnotisch im seichten Takt der Wellen, und die Schritte der Passanten hallten dumpf und hohl in den Gassen wider.

Ähnlich trübe wie die Sicht draußen waren am Vortag auch die Befragung von Derek Loppers Schwester und dem Ehepaar Willems verlaufen. Ruth und Hagen wussten während ihrer morgendlichen

89

Bürobesprechung den bereits bekannten Fakten nichts Neues hinzuzufügen. Enna Strobl ließ nach wie vor nichts über ihren ermordeten Bruder kommen und verwehrte sich ausdrücklich gegen den Verdacht, er hätte der Emder Kriminalpolizei in irgendeiner Weise Schaden wollen. Auch Peet und Eike Willems beteuerten inbrünstig, dass ihnen das Wohlergehen ihrer Gäste sehr am Herzen lag, ob diese nun bei der Polizei arbeiteten oder nicht. Als sie hörten, dass Joseph Kulka sie verdächtigte, Schmuggel zu betreiben, nötigte ihnen dies nur ein müdes Lächeln und die Bemerkung ab, dass ihr Widersacher wohl keinen Versuch auslieβ, sie in Verruf zu bringen. »Am Ende war es der schräge Joseph selbst, der uns den japanischen Giftfisch untergeschoben hat«, schimpfte Peet Willems, bevor Ruth sich bei dem Paar verabschiedete. »Zuzutrauen wäre es diesem Schurken allemal!«

»Dabei hatte ich ihnen aus ermittlungstechnischen Gründen noch nicht einmal von den Aufnahmen der Überwachungskamera erzählt«, schloss Ruth ihren frühmorgendlichen Bericht.

Hagen verzog daraufhin freudlos das Gesicht. »Wir sind also keinen Deut vorangekommen«, resümierte er. Fragend sah er zu Ruth hinüber, die vor ihrem Schreibtisch saß und unausgeschlafen vor sich hin stierte. Sie hatte am Abend lange mit Felix telefoniert und in der Nacht dann aus Sorge um ihn kaum ein Auge zugetan. »Was ist mit Anita Schadel?«, fragte er. »Womöglich hat sie etwas Sachdienliches herausgefunden, als sie den Vorstand des Energieunternehmens befragt hat?«

Wortlos fischte Ruth ihr Handy aus der Hosentasche, wählte die Nummer ihrer Emder Kollegin, schaltete auf laut und legte das Gerät vor sich auf den Schreibtisch, damit Hagen mithören konnte.

Anita nahm das Gespräch erst nach dem achten Klingelton entgegen. Auch ihre Stimme klang nicht gerade munter, als sie sich schließlich meldete.

»Nee, die mauern alle«, sagte sie, nachdem Ruth gefragt hatte, ob das Treffen mit der Konzernspitze von *Strombrise* irgendwelche neuen Erkenntnisse erbracht hätte. »Die tun, als würden sie den Vorfall beim Schiffsanleger bei der Knock zutiefst bedauern«, fuhr sie fort. »Sie haben sogar einen vorläufigen Baustopp angeordnet; aus allgemeinen Pietätsgründen und aus Rücksicht gegenüber den Hinterbliebenen, wie sie behaupten.«

»Wie stehen diese Leute zu der Anzeige, die von Konzernseite gegen Derek Lopper angestrengt wurde, weil er mit seinem Fischerboot die BÜNTE blockiert hatte?«, rief Hagen herüber.

»Diese Angelegenheit wurde angeblich abgehakt und zu den Akten gelegt«, antwortete Anita. »Diese kleine Störaktion scheint keinen Eindruck in der Chefetage hinterlassen zu haben.«

»Die von Herrn Lopper angedrohte Kampagne zur Rettung der Seeregenpfeifer dürfte sie aber kaum gleichgültig gelassen haben«, wandte Ruth ein. »Weil bedrohte Tierarten geschützt werden müssen, konnten schon etliche Bauvorhaben nicht durchgeführt werden. Ein Aus für die Offshore-Anlage könnte dem Unternehmen also durchaus ins Haus gestanden haben.«

»Von einer solchen Kampagne hatte der Vorstand angeblich nichts gewusst«, berichtete Anita. »Die Damen und Herren waren sichtlich verwundert, als ich diese Angelegenheit zur Sprache brachte. Dass er Derartiges geplant haben könnte, war ihnen von der Rechtsabteilung angeblich nicht mitgeteilt worden.«

»Hatten Sie den Eindruck, dass man Ihnen gegenüber ehrlich war?«, erkundigte sich Ruth.

»Das kann ich schlecht einschätzen«, sagte Anita. »Die Herrschaften waren freundlich und zuvorkommend. Mir wurde versichert, dass man vorbehaltlos mit der Polizei zusammenarbeiten wird. Dieser Mord bringt das Unternehmen ein wenig in Schwierigkeiten, haben sie mir gesagt; weil der Verdacht im Raum steht, man würde eventuell von diesem Verbrechen profitieren. Der Vorstand ist daher sehr daran interessiert, dass der Mörder so schnell wie möglich dingfest gemacht wird.«

»Wie wollen Sie denn jetzt weiter vorgehen?«, fragte Ruth.

Anita seufzte schwer. »Ich muss unbedingt mehr über diese angebliche Aktion zur Rettung der Seeregenpfeifer herausfinden. Das ist der einzige Punkt, der eine Verbindung zu dem Energieunternehmen herstellen könnte. Ohne entsprechende Anhaltspunkte wird es nahezu unmöglich sein, denen eine wie auch immer geartete Mitschuld am Mord an Derek Lopper nachzuweisen.«

»Wir werden uns im Haus des Mordopfers noch einmal gründlich umsehen«, sagte Hagen. »Womöglich hatte Herr Lopper die betreffenden Unterlagen irgendwo versteckt.«

»Tun Sie das bitte für mich«, sagte Anita. »Wie sieht es denn sonst bei Ihnen aus?«, leitete sie dann zu einem anderen Thema über.

91

»Haben Sie Belege, wer für die Vergiftung meiner Kollegen verantwortlich sein könnte?«

Ruth schilderte kurz die Lage.

»Das klingt ja nicht sehr vielversprechend«, zeigte sich Anita unzufrieden. »Vielleicht gehen Sie diese Sache vollkommen falsch an.«

»Inwiefern?«, fragte Ruth, um Aufgeschlossenheit bemüht.

»Heute Nacht, als ich wach lag, ist mir plötzlich ein schrecklicher Gedanke gekommen«, sagte Anita daraufhin. »Dieser Anschlag auf meine Kollegen und der Tod von Gesa Blum … was, wenn Kriminelle dahinterstecken, die einen größeren Coup in Emden geplant haben und im Vorfeld die Beamten ausschalten wollten, die ihnen dabei womöglich in die Quere kommen könnten?«

»Sie glauben, uns steht eine groß angelegte verbrecherische Aktion bevor?«, fragte Hagen beunruhigt. »Ein Bankraub oder Ähnliches?«

»Wäre doch denkbar«, sagte Anita. »Wir sollten wachsam bleiben. Und Sie sollten anfangen, endlich in die richtige Richtung zu ermitteln!«

»Die da wäre?«, erkundigte sich Ruth betont neutral.

»Alles andere, nur nicht das, in was Sie sich da verrannt haben!«, wurde Anita ungehalten. »Einen Zusammenhang zwischen dem Mord an Derek Lopper und der Vergiftung meiner Kollegen zu suchen, führt zu nichts. Also hören Sie endlich auf damit!«

Ein Tuten verriet, dass Anita aufgelegt hatte.

Hagen blinzelte indigniert und stieß dann hörbar Luft aus. »Die ist ja ganz schön in Fahrt«, merkte er freudlos an. Er warf Ruth einen fragenden Blick zu. »Ein großangelegter Coup? Für wie wahrscheinlich halten Sie das?«

Ruth hob eine Schulter. »Ausschließen können wir es nicht.«

»Und warum haben diese Leute nicht längst zugeschlagen?«, fragte Hagen. »Worauf warten die noch? Wenn bereits ein größeres Ding gelaufen wäre, hätten wir es längst erfahren.«

»Alles, was nach dieser verunglückten Geburtstagsfeier bisher Kriminelles vorgefallen ist und irgendwie in Zusammenhang mit dem Anschlag auf die Emder Kollegen stehen könnte, ist der Einbruch in Frank Fixlmillners Haus«, überlegte Ruth laut.

»Wobei wir wieder bei Hajo Dohnal wären.« Entschlossen nahm Hagen das Telefon und wählte die Nummer des Oldenburger Kollegen, der in Aussicht gestellt hatte, Nachforschungen über den Verbleib von Herrn Dohnal anzustellen.

»Ich wollte Sie nachher sowieso anrufen«, tönte die Stimme des Mannes kurz darauf aus dem zugeschalteten Lautsprecher. »Es hat ein wenig gedauert, Herrn Dohnal auf die Spur zu kommen, aber jetzt habe ich ihn.«

»Sie kennen seinen aktuellen Aufenthaltsort?«, fragte Hagen.

»Herr Dohnal hat inzwischen geheiratet«, ging der Kollege nicht direkt auf Hagens Frage ein. »Jetzt trägt er den Nachnamen seiner Frau: Roth – mit T H geschrieben. Hajo Roth. Und nun raten Sie mal, wo das Ehepaar lebt? In Greetsiel, direkt bei Ihnen um die Ecke!«

Hagen hob erstaunt eine Augenbraue und auch Ruth machte ein verwundertes Gesicht. Hastig notierte Hagen die Adresse und den Namen der Frau, bedankte sich bei dem Kollegen und unterbrach die Verbindung.

»Das ist ja wohl nicht wahr!«, rief er aus. »Hajo Dohnal, der jetzt Roth mit Nachnamen heißt, lebt mit seiner Frau in Greetsiel!«

Ruth nickte ernst. »Und noch eine Sache ist bemerkenswert: Das Haus, in dem er wohnt, liegt direkt neben dem Anwesen von Ingo Thiele, der wiederum Derek Lopper zum Nachbarn hatte.«

»Das sind allerdings merkwürdige Zufälle.« Hagen stand auf und schnappte sich seine Jacke. »Nichts wie hin!«

Ruth griff ebenfalls nach ihrem Mantel. »Das wird eine interessante Unterhaltung werden«, freute sie sich.

*

Das weiß verputzte Einfamilienhaus mit den Spitzengardinen in den Fenstern und den lila und weißen Krokussen in den Beeten wirkte unschuldig und irgendwie drollig. Neben dem wuchtigen Neubau von Ingo Thieles Anwesen mutete das Gebäude eher bescheiden und einfach an.

Ruth drückte mit dem Zeigefinger auf den Klingelknopf und ließ ihn dort ruhen, während im Innern des Hauses eine altmodische Glockenklingel mit unerschütterlichem Durchhaltevermögen laut vernehmlich rasselte und schepperte.

93

Es dauerte nicht lange, da wurde die Tür aufgerissen und eine spindeldürre Frau erschien in der Öffnung. Der nüchterne Schnitt der geblümten Bluse und des eng anliegenden Rocks verlieh ihr ein putziges Aussehen, das von dem finsteren, verärgerten Gesichtsausdruck jedoch ein wenig gestört wurde.

»Was soll dieser Krach?«, fragte sie fuchsig.

»Sind Sie Frau Rika Roth?«, erkundigte sich Ruth und hielt ihren Dienstausweis empor.

Die Frau nickte. »Was wollen Sie?«

»Ihren Mann sprechen«, antwortete Hagen.

»Der ... der ...« Sie sah scheu über ihre Schulter hinweg. »Der hat seine Strafe abgesessen. Was also möchten Sie denn noch von ihm?«, wurde sie erneut patzig.

Hinter der verglasten Tür am Ende des kurzen Flurs nahm Ruth eine Bewegung wahr. Jemand hastete durch den Raum, und kurz darauf hörte sie, wie eine Schiebetür unsanft aufgerissen wurde.

»Er versucht über die Terrasse zu türmen!«, informierte sie Hagen. Der hatte ebenfalls mitbekommen, was sich in dem Zimmer abgespielt hatte, und setzte sich bereits in Bewegung. Während er um die Hausecke verschwand, schob Ruth die Frau beiseite und eilte den Flur entlang.

»He, ich habe Sie nicht hereingebeten!«, brüllte Rika ihr hinterher.

Ruth stieß die Glastür auf und rannte durch das angrenzende Wohnzimmer. »Ich bin auch schon wieder draußen!«, rief sie und sprang auf die Terrasse. Sie sah einen in Jeans und T-Shirt gekleideten sehnigen Mann auf die Buchenhecke zurennen, die die Grenze zwischen dem Garten und Ingo Thieles Grundstück bildete. Als der Mann Hagen auf sich zusprinten sah, warf er sich kopfüber in die Hecke und versuchte sich mit den Armen zur anderen Seite durchzuwühlen. Die Buchenzweige waren allerdings so sehr ineinander verschränkt, dass er stecken blieb.

»Ingo!«, schrie er aus Leibeskräften, als Hagen ihn beim Hosenbund packte. »Ingo, hilf mir, die Bullen haben mich am Wickel!«

Hagen riss den Mann zurück, stieß ihn auf den Rasen und nagelte ihn mit den Knien fest.

»Lassen Sie mich!«, schrie Hajo und versuchte sich zu befreien, indem er sich hin und her warf.

Ruth trat hinzu. »Beruhigen Sie sich!«, fuhr sie den Mann an. »Wir wollen uns lediglich mit Ihnen unterhalten.«

94

Gehetzt spähte Hajo an Ruth vorbei zu seiner Frau hinüber, die mit kleinen Trippelschritten über den Rasen herbeigeeilt kam. »Sag ihnen, dass ich nichts verbrochen habe, Schatz!«, flehte er.

»Er ... er hat nichts verbrochen«, stieß Rika daraufhin aus und fasste sich ans Brustbein. »Lassen Sie ihn los. Sie tun ihm weh!«

Hagen stieg von dem Mann herab und zog ihn auf die Beine.

Unwirsch befreite sich Hajo aus dem Griff und funkelte Hagen wütend an. »Ich bin unschuldig!«, fauchte er.

»Sie wissen doch gar nicht, ob wir Ihnen überhaupt etwas vorzuwerfen haben«, sagte Ruth.

Hajo lachte freudlos. »Aber Sie werden es. Und egal was es ist, sollten Sie wissen, dass ich nichts damit zu tun habe. Ich habe nämlich nichts Unrechtes getan!«

»Dann können Sie uns ja verraten, wo Sie in der Nacht von Dienstag auf Mittwoch gewesen sind«, sagte Hagen. Das war die Nacht, in der bei Frank Fixlmillner eingebrochen worden war.

»Da ... da ...«

»Da waren wir zusammen angeln!«, rief ein Mann vom Haus herüber. Es war Ingo Thiele, der Nachbar der Roths. Er nahm denselben Weg, den Hagen gelaufen war, als er den Flüchtenden verfolgt hatte.

»Sie und Herr Roth waren also angeln?«, fragte Ruth neutral.

»So ist es«, bestätigte Ingo Thiele und blieb vor der Gruppe stehen. »Wir sind in der Abenddämmerung los und erst im Morgengrauen wieder heimgekehrt.«

Hajo deutete mit laxer Geste auf seinen Nachbarn. »Da hören Sie es. Wir waren Fische fangen.«

»Und wo genau waren Sie angeln?«, fragte Ruth an Hajo gerichtet.

»Am Störtebekerkanal, bei der Klappbrücke«, war es erneut Ingo Thiele, der die Frage beantwortete.

»Den Tipp hatten wir von Derek«, fügte Hajo emsig hinzu. »Also ... als er noch lebte, natürlich. Er sagte, bei der Klappbrücke wäre eine gute Stelle. Eigentlich wollten wir mit ihm gemeinsam dort hin. Aber das ging ja leider nicht, weil er ja tot ist.«

»Was haben Sie denn so gefangen?«, fragte Ruth in unverfänglichem Tonfall.

»Nichts – leider«, sagte Ingo Thiele und zuckte bedauernd mit den Schultern.

95

»Hat trotzdem Spaß gemacht«, versicherte Hajo. »Zum Angeln braucht man eben Geduld und eine hohe Frustrationsgrenze. Beides habe ich mir im Knast angeeignet.«

»Und in der Nacht zuvor?«, wollte Hagen nun von ihm wissen. »Wo waren Sie da? Sagen wir, so zwischen zwei und drei Uhr nachts.«

Rika hakte sich bei ihrem Mann unter. »Um diese Uhrzeit waren wir beide zusammen«, sagte sie bestimmt. Sie lehnte kurz den Kopf an Hajos Schulter und lächelte beglückt. »Es waren unvergessliche Stunden, wenn Sie wissen, was ich meine.« Sie stupste ihn mit der Hüfte an. »Er kam vom Angeln, und da habe ich ihn mir gleich geschnappt.«

»In jener Nacht waren Sie also auch Fische fangen?«, fragte Hagen.

Hajo deutete mit einem Kopfnicken auf seinen Nachbarn. »Zusammen mit Ingo«, bestätigte er, »beim Störtebekerkanal.«

Ruth betrachtete Ingo Thiele aufmerksam. Es schien ihm nicht recht, dass sein Name schon wieder ins Spiel gebracht wurde, wie sie seinem mürrischen Gesichtsausdruck zu entnehmen glaubte. »In jener Nacht sind Sie ebenfalls ohne Ihren Nachbarn Derek Lopper zum Angeln gegangen, nicht wahr?«

Ingo nickte kurz. »Er war nicht zu Hause. Also sind wir allein losgezogen.«

»Waren Sie denn ebenfalls um zwei Uhr daheim?«

»Ja.«

»Gibt es dafür Zeugen?«

Der Nachbar verzog säuerlich das Gesicht. »Meine Frau hat geschlafen. Und sie wachte auch nicht auf, als ich zu ihr ins Bett stieg, glaube ich.«

»Wurden Sie denn beim Angeln von jemandem gesehen?«

Ingo zuckte mit den Schultern. »Um diese Uhrzeit treibt sich kein Spaziergänger mehr beim Kanal herum. Und wenn doch einer da war, habe ich es nicht bemerkt. Schließlich habe ich mich auf meine Angelrute konzentriert.« Er krauste grüblerisch die Stirn. »Die Nacht, von der wir hier jetzt reden … das war die Nacht, in der Derek Lopper ermordet wurde. Warum wollen Sie wissen, wo wir da waren? Verdächtigen Sie uns etwa, mit diesem Verbrechen etwas zu tun zu haben?«

Ruth gab sich überrascht. »Sollten wir das denn?«

Ingo lächelte neutral. »Natürlich nicht!«

Ruth gab das Lächeln zurück. »Wir führen lediglich Routinebefragungen durch. Aus diesem Grund haben wir Hajo Roth aufgesucht. Und da Sie nun ebenfalls auf der Bildfläche erschienen sind und sich eingebracht haben, konnten wir nicht umhin, Sie mit einzubeziehen.«

Ingo rieb sich nervös die Stirn. »Verstehe«, murmelte er. Und ein bisschen lauter sagte er: »Dann ist diese Sache für Sie jetzt hoffentlich geklärt und ich kann gehen.«

»Fürs Erste.« Ruth wollte Ingo Thiele unbedingt spüren lassen, dass sein Auftritt sie misstrauisch gemacht hatte. Wenn er sich irgendetwas hatte zuschulden kommen lassen, würde ihn dieses Wissen sicherlich nervös machen und ihn womöglich dazu verleiten, weitere verräterische Fehler zu begehen. Und sollte er unbescholten sein, würde ihn das alles nicht weiter angehen.

Ingo grüßte leutselig in die Runde, drehte sich um und ging.

»Ich möchte, dass Sie mein Grundstück jetzt verlassen«, verkündete Rika. »Und das nächste Mal, wenn Sie meinen Mann zu sprechen wünschen, treten Sie bitte weniger martialisch auf. Sie haben Hajo einen gehörigen Schrecken eingejagt. Da ist es kein Wunder, dass er Hals über Kopf davongestürmt ist.«

Ruth lächelte liebenswürdig. »Wir werden es uns merken.«

»Es wird kein nächstes Mal geben!«, ereiferte sich Hajo, während sich die Kriminalisten entfernten. »Ich habe ein Alibi!«, rief er ihnen hinterher. »Suchen Sie sich Ihren Mörder woanders!«

Die beiden Kriminalisten erreichten die Straße.

»Eine aufschlussreiche Befragung«, sagte Hagen.

»Das können Sie wohl laut sagen. Diese Herrschaften haben nicht das letzte Mal von uns gehört, so viel ist sicher!«

»Und nun?«, fragte Hagen einmal mehr.

»Jetzt gehen wir rüber zum Haus von Derek Lopper und versuchen, die Unterlagen über seine Kampagne zum Schutz der Seeregenpfeifer zu finden.«

*

In Derek Loppers Grundstückseinfahrt stand ein marineblauer SUV. Das war das Erste, was Ruth und Hagen stutzig machte. Als sie dann auch noch bemerkten, dass das Polizeisiegel gebrochen war, das an der Eingangstür angebracht gewesen war, wussten sie, dass hier etwas nicht stimmte. Ruth, die den Hausschlüssel bereits in der Hand

97

hielt, den sie von Derek Loppers Schwester bekommen hatte, ließ ihn wieder in ihre Manteltasche gleiten, nachdem sie die Klinke gedrückt und festgestellt hatte, dass nicht abgeschlossen war. Das Türschloss hatte Hagen notdürftig instandgesetzt, bevor er das Siegel angebracht hatte.

»Ich hatte die Tür verriegelt«, versicherte er. »Da bin ich mir hundertprozentig sicher!«

Hagen trat als Erster über die Schwelle, die Hand auf die Dienstwaffe in seinem Holster gelegt. »Hallo. Wer ist da?«, rief er streng in den Flur hinein.

Ein Mann im legeren Anzug kam aus dem Wohnzimmer. Trotz seines dunklen Haars und der fast kreisrunden Schatten um seine Augen wirkte er ausgesprochen offen und freundlich. »Ja?«, sagte er. »Was ist denn los?«

»Was haben Sie hier zu suchen?«, fuhr Hagen ihn an.

Ruth legte ihrem Partner eine Hand auf den Oberarm. »Herr Saferies«, sagte sie verwundert. »Bitte erklären Sie, wie Sie hier reingekommen sind und was Sie in diesem Haus verloren haben.«

»Sie kennen diesen Mann?«, fragte Hagen.

»Moritz Saferies«, stellte sich dieser nun selbst vor. »Hausmakler. Ich habe damals die Transaktion abgewickelt, als Frau Fasan das strohgedeckte Friesenhaus erwarb. Wir kennen uns also sehr gut.«

Ruth setzte eine auffordernd-fragende Miene auf, worauf Saferies sich zu erklären beeilte: »Ich wollte Frau Strobl ermöglichen, sich ein paar Erinnerungsstücke auszusuchen.« Er winkte den Kriminalisten, ihm zu folgen, und kehrte ins Wohnzimmer zurück.

Derek Loppers Schwester stand vor dem Wandschrank und hielt ein gerahmtes Foto in den Händen. In ihren Augen schwammen Tränen. »Moin«, grüßte sie die Kommissare und versank dann erneut in die Betrachtung der Fotografie.

»Sie sind uns noch immer eine Erklärung schuldig«, sagte Hagen an den Mann gerichtet.

Moritz schaute ihn überrascht an. »Was möchten Sie denn wissen?«

»Sie haben ein Polizeisiegel gebrochen. Das ist …«

»Das Siegel war bereits zerrissen«, fiel Moritz ihm ins Wort.

»Das stimmt«, sagte Enna und drückte das Foto an ihre Brust. »Die Tür war auch nicht abgeschlossen«, fuhr sie dann mit leichtem Vorwurf in der Stimme fort. »Jeder hätte hier reinspazieren können.«

»Ich hatte die Tür abgeschlossen, bevor ich das Siegel angebracht habe«, stellte Hagen einmal mehr klar.

»Es war aber so, wie wir es Ihnen gesagt haben«, wandte der Makler ein. »Frau Strobl hatte keinen Schlüssel für das Haus ihres Bruders, darum …«

»Den hatte ich Ihnen ja geben müssen«, warf Enna ein. »Aus diesem Grund rief ich bei Herrn Saferies an und bat ihn, so freundlich zu sein und mir zu ermöglichen, im Haus meines Bruders ein paar Erinnerungsstücke auszusuchen.«

»Dazu habe ich mich selbstverständlich sofort bereiterklärt«, erläuterte Moritz. »Als wir hier ankamen, haben wir alles wie eben beschrieben vorgefunden!«

Ruth hob beschwichtigend die Hände. »Kommen wir auf etwas Grundlegenderes zu sprechen«, sagte sie und sah Moritz unverwandt an. »Ihr Aufenthalt in diesem Haus ist also beruflich bedingt?«

Der Makler nickte bestätigend. »Derek Lopper hatte vor drei Monaten einen Vertrag mit mir geschlossen.«

»Er wollte sein Haus verkaufen?«

Moritz deutete um sich. »Sie sehen ja, wie es um dieses Objekt bestellt ist. Herr Lopper hatte keine Verwendung mehr für all diese Zimmer. Dementsprechend unbelebt sieht hier alles aus. Er kam sich in seinen eigenen vier Wänden verloren vor. Aus diesem Grund wollte er dieses Objekt verkaufen.«

Ruth blickte um sich. Sie war sich sicher, dass etliche der Möbel verrückt worden waren. In den Regalen der Schrankwand herrschte ebenfalls eine gewisse Unordnung. Sie hatte sich mit Hagen im Haus gründlich umgesehen und erinnerte sich noch sehr genau, in welchem Zustand sie es verlassen hatten. Es war vieles verändert worden, daran bestand kein Zweifel. »Wie lange halten Sie sich hier bereits auf?«, wollte sie daher wissen.

»Wir sind erst ein paar Minuten vor Ort«, antwortete Moritz, während Enna umherzuschlendern begann, auf der Suche nach weiteren Gegenständen, die sie an sich nehmen wollte.

»Als Derek mir erzählte, dass er sich in seinem Haus nicht mehr wohlfühlte und er es deshalb zu verkaufen gedachte, habe ich mich sehr gewundert«, sagte sie wie abwesend. »Noch merkwürdiger fand ich, dass er tatsächlich bereit war, in ein Altenwohnheim zu ziehen. Das passte irgendwie nicht zu ihm.«

»Er wollte in absehbarer Zeit sogar sein Boot verkaufen und das Fischen aufgeben«, ergänzte Moritz. »Er hatte wohl irgendwie genug von seinem alten Leben.«

Enna seufzte. Sie hielt einen Pokal mit eingraviertem Fisch in der Hand. »Den hatte er mal bekommen, als er als junger Mann einen Anglerwettbewerb gewonnen hatte«, sinnierte sie.

»Sie können ihn gerne mitnehmen«, bot Moritz an.

Enna schüttelte den Kopf und stellte den Pokal zurück. »Ich habe schon genug unnützes Zeug bei mir rumstehen.«

»In welches Altersheim wollte Derek Lopper denn ziehen?«, fragte Hagen.

»In eines, das es noch gar nicht gibt.« Enna lachte und schüttelte den Kopf. »Es sollte erst noch gebaut werden.« Sie deutete aus dem Fenster, als sie dies sagte. »Hier auf seinem Grundstück. Eine verrückte Idee!«

»Das müssen Sie mir genauer erklären«, forderte Ruth an den Makler gerichtet.

Moritz vollführte eine vage Handbewegung. »Das ist ein Projekt, das noch nicht ganz in trockenen Tüchern ist.«

»Und dennoch war Herr Lopper bereit, Haus und Grundstück zu verkaufen?«, wunderte sich Ruth.

»Der Verkauf war daran gebunden, dass dieses Projekt tatsächlich grünes Licht erhält«, erläuterte Moritz. »Ansonsten wäre der Vertrag gegenstandslos geworden. Herrn Lopper war vertraglich eine Eigentumswohnung in dem Altenheim zugesichert worden. Er war mit diesem Arrangement sehr zufrieden.«

»Aber nun ist Herr Lopper nicht mehr am Leben«, gab Hagen zu bedenken.

Moritz zuckte kaum merklich mit den Schultern und sah dabei verlegen zu Enna hinüber. »Dieser Vertrag hat Wirkung über den Tod von Herrn Lopper hinaus. Im Fall seines Ablebens sollte seine Schwester die Eigentumswohnung erben. Wenn dieses Projekt denn wirklich realisiert wird.«

Enna winkte ab. »Das ist mir alles viel zu kompliziert. Was hatte Derek sich bloß dabei gedacht?«

»So kompliziert ist das gar nicht«, erläuterte Moritz der alten Frau geduldig. »Sie und Ihre Kinder sind die einzigen Hinterbliebenen von Herrn Lopper und erben alles. Allerdings können Sie den Vertrag nicht kündigen. Das hat Ihr Bruder in dem Vertrag und auch testamentarisch festgelegt. Das alles ist selbstverständlich von einem Notar beglaubigt worden. Sie als die Rechtsnachfolgerin Ihres Bruders müssen sich also an diese Klauseln halten. Es sei denn, Sie schlagen das Erbe aus. In diesem Fall …«

»Das habe ich ganz bestimmt nicht vor«, unterbrach Enna den Makler. »Wenn mein Bruder es ausdrücklich so wollte, soll es auch so gemacht werden!« Sie nahm ein zerlesenes Buch aus dem Regal. Es war eine gebundene Ausgabe von *Moby Dick* von Herman Melville. »Diesen Schinken hat mein Bruder geliebt.« Sie lächelte verklärt. »Soweit ich mich erinnere, war es der einzige Roman, den er je gelesen hat. Und das gleich mehrmals hintereinander.« Sie legte das gerahmte Bild auf das Buch und klemmte sich beides unter den Arm. »Der Rest kann auf den Müll«, sagte sie pragmatisch. »Oder verschenken Sie es an Bedürftige.«

»Sind Sie sich wirklich sicher, dass ich den ganzen Hausrat Ihres Bruders entsorgen lassen soll?«, hakte Moritz behutsam nach.

Enna sah sich kurz um und nickte dann. »Machen Sie es so, wie wir besprochen haben.« Sie trat auf die Hauptkommissarin zu. »Haben Sie schon einen Verdacht, wer meinen Bruder ermordet haben könnte?«

»Wir lassen Sie es wissen, sobald ein konkreter Anhaltspunkt vorliegt«, versprach Ruth. »Momentan können wir Ihnen aus ermittlungstaktischen Gründen nicht mehr sagen.«

Enna nickte verstehend. »Hauptsache, Sie glauben nicht länger, Derek könnte absichtlich vergifteten Fisch geliefert haben, um der Polizei von Emden zu schaden.«

Moritz zog befremdet die Augenbrauen zusammen, als er dies hörte.

Hagen deutete auf den Roman von Herman Melville. »Darf ich da mal einen Blick hineinwerfen?«

»Warum nicht?« Enna drückte ihm das abgegriffene Buch in die Hand. Der junge Kommissar ließ die Seiten über den Daumen gleiten, während er in die Publikation schaute. Es befanden sich jedoch keine Zettel oder Notizen darin, wie er insgeheim gehofft hatte. »Suchen Sie darin nach was Bestimmtem?«, erkundigte sich Enna.

Hagen lächelte begütigend und gab ihr den Roman zurück. Dass sie hierhergekommen waren, um nach Dokumenten zu suchen, die sich mit den Seeregenpfeifern befassten, wollte er ihr nicht verraten. »Und wenn, habe ich es jedenfalls nicht darin gefunden«, sagte er freundlich.

Enna sah sich ein letztes Mal in dem Zimmer um und verkündete dann, dass sie nach Haus zu ihrem Mann gehen würde. Ohne ein weiteres Wort verließ sie das Haus.

»Ich muss Sie bitten, jetzt ebenfalls zu gehen«, wandte sich Ruth an den Makler.

Moritz lächelte gewinnend. »Ich hatte also recht: Sie sind ja wirklich mit einem Mordfall beschäftigt.«

Ruth furchte die Stirn. »Als wir uns beim Hafenimbiss trafen, müssen Sie von Derek Loppers Ermordung bereits gewusst haben.«

Moritz nickte. »Ich hatte in der Zeitung davon gelesen. Aber ich war davon ausgegangen, dass die Emder Polizei für diesen Fall zuständig ist.«

»In derselben Zeitung wurde auch davon berichtet, dass fast die gesamte Belegschaft der Emder Kripo im Krankenhaus liegt«, wandte Ruth ein.

»Dass die anfallenden Untersuchungen deshalb von den Kollegen in Greetsiel übernommen werden, aber nicht«, gab Moritz zurück.

»Dann wissen Sie es jetzt«, sagte Hagen, um den Mann endlich dazu zu bringen, zu gehen.

Stattdessen setzte Moritz eine fragende Miene auf. »Was war das vorhin denn für eine seltsame Bemerkung von Frau Strobl? Derek Lopper soll die Emder Kripo mit vergiftetem Fisch …?«

»Lassen Sie uns jetzt bitte unsere Arbeit machen.« Mit unmissverständlicher Geste deutete Ruth auf den Ausgang.

»Und ich möchte eine Kopie des Vertrags bekommen, den Sie mit Derek Lopper geschlossen haben«, sagte Hagen spontan.

Moritz zögerte einen kurzen Moment, nickte dann jedoch. »Falls Sie es sich noch anders überlegen und Ihr Deichhaus verkaufen möchten, melden Sie sich bei mir«, sagte er zu Ruth. Er zückte eine Visitenkarte und schrieb auf die Rückseite eine Telefonnummer. »Diese Nummer ist ganz besonderen Personen vorbehalten«, sagte er, als er Ruth das Kärtchen überreichte. »Personen, die mir am Herzen liegen.«

Er verabschiedete sich galant und schritt auf den Ausgang zu. Kurz darauf röhrte draußen der Motor des SUV auf.

102

»Eine ziemlich undurchsichtige Geschichte, das mit diesem geplanten Altenheim«, sagte Hagen, während der Wagen davonfuhr. »Ich würde mir das gerne mal genauer ansehen.«

Ruth hob die Schultern. »Tun Sie das. Herr Saferies profitiert allerdings nicht von Derek Loppers Tod, weil es für die Erfüllung des Vertrages irrelevant ist, ob er verstorben ist oder nicht. Es ist also fraglich, ob er mit unserem Fall irgendetwas zu tun hat.«

»Vielleicht wollte Derek Lopper von dem Vertrag zurücktreten?«, gab Hagen zu bedenken. »Und das hat Herrn Saferies nicht gepasst.«

Ruth drückte Hagen die Visitenkarte des Maklers in die Hand. »Das zu überprüfen, überlasse ich gerne Ihnen. Herr Saferies wird nämlich nicht aufhören, mir den Verkauf meines Deichhauses schmackhaft zu machen. Und das möchte ich mir nicht ständig anhören müssen.«

Hagen betrachtete die Visitenkarte gedankenversunken.

»Und nun kommen Sie«, drängte Ruth. »Finden wir endlich diese Unterlagen über die Initiative zum Erhalt der Seeregenpfeifer.«

Hagen steckte die Karte in die Gesäßtasche. »Hoffentlich ist uns niemand zuvorgekommen«, sagte er. »Es wird Ihnen bestimmt nicht entgangen sein, dass jemand hier gewesen ist und überall herumgestöbert hat.«

»Trotzdem suchen wir alles noch einmal gründlich ab!«, bestimmte Ruth.

*

Ruth und Hagen waren ein wenig ernüchtert, als sie die Suche nach den Unterlagen schließlich aufgaben und das Haus von Derek Lopper verließen. Hagen brachte ein neues Polizeisiegel an und verriegelte die Tür.

»Ich gehe im Hafen noch kurz eine Kleinigkeit essen«, verkündete Ruth. »Kehren Sie mit dem Auto ruhig schon mal in die Polizeiwache zurück.«

Hagen wünschte der Hauptkommissarin mit gefasster Miene einen guten Appetit und begab sich zum zivilen Einsatzwagen.

Während ihr Partner davonfuhr, machte sich Ruth mit hungrigem Magen auf den Weg zu den Krabbenkuttern. Dort angekommen, kaufte sie sich an einem Stand ein Fischbrötchen und schlenderte ein wenig umher, wobei sie hin und wieder von der mit Hering belegten Schrippe abbiss. Auf diese Weise hatte sie sich während ihrer Zeit

103

bei der Hamburger Kripo oft ernährt, und sie fühlte sich recht behaglich dabei, dieser Gepflogenheit nun im gemütlichen Ambiente des Fischerdorfs erneut nachzukommen. In dem romantischen Hafen wimmelte es von Touristen, sodass derzeit ein ähnlich hoher Publikumsverkehr herrschte wie in der Hansestadt Hamburg. Allerdings ging es hier wesentlich entspannter zu als in den überfüllten Straßen einer Großstadt. Anstatt hektisch von einem Ort zum anderen zu hasten, schlenderten die Menschen müßig und gut gelaunt umher.

Ruth lenkte ihre Schritte über die Brücke zum gegenüberliegenden Ufer des Hafenbeckens, dorthin, wo die Ausflugsschiffe festmachten. Die STÖRTEBEKER war zurzeit das einzige Schiff, das an dem schmalen Kai lag. Sie schlenderte die Böschung hinunter, und als sie unten angekommen war, erschien Eike Willems auf dem Steg, der vom Ausflugsschiff auf das befestigte Ufer führte. Mit düsterer Miene betrachtete sie die Hauptkommissarin. »Sehen Sie, was Joseph Kulka angerichtet hat!«, rief sie mit zornesrotem Gesicht herüber. »Die Gäste meiden die STÖRTEBEKER, als hätten wir die Pest an Bord!«

Ruth, die zu Ende gegessen hatte, wischte sich die Hände an der Serviette sauber. »Meine Kollegin Frau Bergmann hat sämtliche Banderolen von Ihren Stelltafeln entfernt«, beteuerte sie.

Eike winkte ab. »Das hat nichts genützt. Die Touristen bleiben trotzdem fern. Was sich an Bord unseres Schiffes zugetragen hat, ist in aller Munde. Wir sind gebrandmarkt. Mit der STÖRTEBEKER will keiner mehr eine Ausflugsfahrt unternehmen. Joseph Kulka hat erreicht, was er wollte. Wir sind keine Konkurrenz mehr für ihn und seine KRUMMHÖRN!«

Ruth blieb vor dem Steg stehen und sah die Frau an. »Es wäre durchaus denkbar, dass dieser Vorfall gar nicht gegen Sie und die STÖRTEBEKER gerichtet war, sondern vielmehr gegen die Geburtstagsgesellschaft, die sich an Bord befunden hat.«

Eike runzelte die Stirn. »Sie meinen, jemand wollte Ihnen und Ihren Kollegen absichtlich schaden. Und dass mein Mann und ich dabei in Verruf gerieten, war nur eine Art Nebenerscheinung?«

»Es könnte einiges darauf hindeuten«, blieb Ruth vage.

»Wenn Sie sich da mal nicht täuschen.« Eike schüttelte energisch den Kopf. »Sie sehen doch, wer am meisten von diesem Ärger profitiert: Joseph Kulka!«

»Tatsächlich ist er in der Nacht vor der Geburtstagsfeier nachweislich an Bord der STÖRTEBEKER gewesen«, sah Ruth jetzt die Zeit gekommen, diese Angelegenheit zur Sprache zu bringen.

Eike sah sie bestürzt an. »Da haben Sie den Beweis!«, rief sie aufgebracht. »Was hat der auf meinem Ausflugsschiff verloren? Er hat unseren Fisch vergiftet. Warum wollen Sie das nicht einsehen?!«

»Weil es keine Beweise gibt«, gab Ruth zu bedenken und berichtete der Frau kurz von der Aufnahme der Überwachungskamera. »Ob Herr Kulka etwas mit an Bord genommen hat, ist nicht zu erkennen«, schloss sie. »Und ohne Beweise haben wir keine Handhabe.«

»Aber das ist doch mehr als verdächtig!«, ereiferte sich Eike. Plötzlich hellte sich ihre Miene auf. »Moment mal. Da fällt mir ein … Joseph, er hatte vergangenen Montag Besuch auf seinem Kahn erhalten. Es war um die Mittagszeit gewesen. Anderntags sollte die Geburtstagsfeier Ihres Kollegen bei uns an Bord abgehalten werden!« Eike fuchtelte herrisch mit der Hand. »Das könnte es gewesen sein … dieses Päckchen, das Joseph bekommen hat!«

Ruth furchte die Stirn. »Was denn für ein Päckchen?«, fragte sie.

Eike deutete zum Führerhaus des Ausflugsschiffs hinauf. »Ich stand grade oben und hab das Steuerruder poliert. Da sah ich ihn … Ingo Thiele, der einem immer irgendwelche Aktiengeschäfte aufschwatzen will. Der hatte diesen Karton unter dem Arm geklemmt. Der war mit Aufklebern vom Zoll versehen … und mit chinesischen Schriftzeichen. Bestimmt war da …«

Ruth hob beide Hände. »Moment mal«, stoppte sie den Redefluss der Frau. »Ingo Thiele, sagten Sie?«

Eike nickte nachdrücklich. »Sie kennen den? Hat er Ihnen etwa auch nahegelegt, Aktien dieses Energieunternehmens zu kaufen, das draußen auf der Nordsee die Windkrafträder aufstellen will?«

»Nein, das hat er nicht«, sagte Ruth nachdenklich.

Eike machte große Augen. »Herr Thiele ist Ihnen also im polizeilichen Zusammenhang untergekommen?«

Ruth schüttelte unwillig den Kopf. »Dazu werde ich jetzt nichts sagen.«

Ihr Gegenüber lächelte verschmitzt. »Verstehe.« Eike tippte mit dem Zeigefinger auf ihr Jochbein und blinzelte verschwörerisch. »Aber was das für ein Päckchen gewesen sein könnte, das Herr Thiele Joseph gegeben hat, wollen Sie schon wissen, nicht wahr?«

»Ich werde beim Zoll mal nachfragen«, erwiderte Ruth.

»Das sollten Sie unbedingt tun.« Eike stemmte die Hände in die Hüften. »Herr Thiele tat nämlich sehr geheimnisvoll. Und eilig hatte er es auch. Er ist mit seinem Auto bis an die Mauer oben vorgefahren und dann mit dem Päckchen die Böschung runtergehetzt. Es war Mittagszeit und darum kaum Leute in der Nähe. Mich hat er bestimmt auch nicht bemerkt. Joseph Kulka muss ihn bereits erwartet haben, denn er kam aus seinem Kahn hervor. Ingo Thiele drückte ihm das Päckchen gegen die Brust, sagte ein paar Worte, drehte sich um und eilte zurück zu seinem Wagen. Kurz darauf war er auch schon wieder verschwunden.«

Ruth rieb sich nachdenklich das Kinn. Dass Ingo Thiele erneut auf ihrem Radar aufgetaucht war, fand sie gelinde gesagt beachtenswert. Hätte sie nicht sowieso vorgehabt, ein bisschen über diesen Mann zu recherchieren, hätte sie es spätestens jetzt auf ihre Liste der dringend zu erledigenden Vorhaben gesetzt. »Erinnern Sie sich sonst noch an ein Detail, das für die Polizei von Bedeutung sein könnte?«, erkundigte sie sich vorsorglich.

Eike sah sinnierend vor sich hin, schüttelte dann aber den Kopf.

»Rufen Sie mich unbedingt an, sollte Ihnen dennoch etwas einfallen«, bat Ruth.

»Das werde ich.« Eike wirkte jetzt wesentlich zufriedener als noch vor wenigen Minuten. In ihrem Gesicht spiegelte sich die Hoffnung, dass ihr und ihrem Mann nun Gerechtigkeit widerfahren würde.

Ruth verabschiedete sich. Sie hatte es plötzlich eilig, in die Ankerstraße zu kommen und mit ihren Nachforschungen zu beginnen.

*

Hagen Reese stand vor der antiken Anrichte, dem einzigen alten Möbelstück in dem modern ausgestatteten Büro der Kommissare. Die Scanner-Drucker-Einheit und der Kopierer machten sich auf der dunklen Holzplatte wie Fremdkörper aus. Einen Stoß bedruckter Papiere in den Händen, drehte sich Hagen zu seiner Chefin um, als diese den Raum betrat.

»Es ist ungeheuerlich, auf was ich da gestoßen bin«, sagte er und wedelte mit den Seiten.

Ruth, die auf dem Weg zu ihrem Schreibtisch war, blieb stehen. »Spielt der Name Ingo Thiele dabei eine Rolle?«

106

Hagen hob erstaunt eine Augenbraue. »Durchaus möglich. Wie kommen Sie darauf?«

»Das erkläre ich Ihnen später.« Ruth schlüpfte aus dem Mantel und warf ihn über ihren Bürosessel. »Zuerst sind Sie an der Reihe.«

Hagen sammelte sich einen kurzen Moment. Dann schlug er mit der Rückseite seiner freien Hand auf die Papiere. »Diese Unterlagen hat ein Bremer Immobilieninvestor mir zugefaxt«, erläuterte er. »*Bremestor* heißt die Firma. Sie ist spezialisiert auf den Bau von Wohnanlagen für alte Menschen. In Bremen und Umgebung gibt es bereits drei entsprechende Anlagen. Sie bestehen aus Wohneinheiten, die teilweise zuvor an Eigentümer verkauft wurden, und aus Komplexen, die vermietet werden. Betreiber der Anlage sind dann jeweils ortsansässige Altenpflegeeinrichtungen, die eine Pacht an *Bremestor* entrichten. Das Unternehmen kassiert also die Verkaufserlöse und die Mieten.«

Ruth ließ sich in ihren Sessel fallen, denn diese Ausführungen versprachen doch ein bisschen länger zu dauern, als sie erwartet hatte.

»*Bremestor* hat seine Fühler jetzt offenbar auch nach Greetsiel ausgestreckt«, fuhr Hagen fort, während Ruth ihren Mantel zurechtlegte. »Eine Wohnanlage für alte Menschen soll in unserem beliebten Fischerdorf entstehen.«

»Auf Derek Loppers Grundstück?«, fragte Ruth.

»Unter anderem«, ging Hagen auf die Frage seiner Chefin ein. »Diese Liegenschaft allein wäre zu klein für dieses große Bauvorhaben.« Hagen trat vor den an der Wand hängenden Ortsplan und legte den Zeigefinger auf das Haus des ermordeten Fischers. »*Bremestor* ist auf der Suche nach einem viel größeren, zusammenhängenden Flurstück.« Über die Schulter hinweg sah er kurz zu Ruth hinüber. »Es wird Sie wahrscheinlich nicht wundern, dass *Bremestor* Moritz Saferies damit beauftragt hat, zu sondieren, ob in Greetsiel ein passendes Grundstück zur Verfügung steht.«

Ruth, die jetzt neugierig geworden war, stand auf und stellte sich neben ihren Partner. »Die Liegenschaft von Derek Lopper hat Herr Saferies sich für dieses Bauprojekt offenbar bereits gesichert«, stellte sie fest.

»Aber er benötigt noch weitere, angrenzende Grundstücke«, ergänzte Hagen und legte den Finger jetzt auf das sich nordöstlich des

107

Lopper-Besitzes anschließende Flurstück. »Hier steht ein denkmal-geschütztes Gebäude«, erläuterte er. »Es ist ausgeschlossen, dass es abgerissen wird, um dort eine moderne Wohnstätte für Rentner zu errichten.«

Ruth nickte und pflanzte ihren Zeigefinger auf das südwestliche Nachbargrundstück. »Und hier kommt einmal mehr Ingo Thiele ins Spiel«, sagte sie, denn dem gehörte das Anwesen, auf dem ihr Zeigefinger ruhte. Sie zog die Augenbrauen zusammen und ließ den Arm sinken. »Ich kann mir beim besten Willen nicht vorstellen, dass Herr Thiele seinen Besitz hergeben würde. Sein Haus ist neu und wirft mit seinen Ferienwohnungen sicherlich einen hohen Gewinn ab. Warum sollte er also verkaufen wollen?«

»Das weiß ich nicht«, sagte Hagen. »Aber das darauffolgende Grundstück gehört Rika Roth; und seit sie die Grundbucheintragung kürzlich geändert hat, auch ihrem Mann Hajo.« Er umkreiste die drei bebauten Liegenschaften mit dem Finger. »Diese Flurstücke zusam-mengenommen wären in etwa so lang wie von *Bremestor* gewünscht. Nur die Breite kommt nicht hin. Sie ist zu gering.«

Ruth betrachtete die Karte nachdenklich. »Die Inselstraße wird für dieses Projekt kaum geopfert werden. Also bleibt als Ausdehnung nur die gegenüberliegende Seite.« Sie zeigte auf die Brachfläche, die sich dort bis zu ihrem Deichhaus erstreckte. »Wem gehört dieses Land?«

Nur um sich noch einmal zu vergewissern, dass er vorhin richtig gelesen hatte, warf Hagen einen kurzen Blick in seine Unterlagen. »Joseph Kulka«, sagte er dann.

Überrumpelt sah Ruth ihn an. »Das ist nicht wahr, oder?«

»Ich sagte ja, dass es ungeheuerlich ist, auf was ich da gestoßen bin.«

Ruth trat einen Schritt zurück. »Ingo Thiele, Joseph Kulka und Hajo Roth … damit haben wir alle Personen zusammen, die im Zuge unserer Ermittlungen aufgetaucht sind.«

»Sie haben Moritz Saferies vergessen.«

Ruth nickte gedankenversunken. »Könnte das alles mit dem Mord an Derek Lopper zusammenhängen oder bewegen wir uns da in eine völlig falsche Richtung?«, fragte sie selbstkritisch.

Hagen zuckte ratlos mit den Schultern. »Ich bin den Vertrag durch-gegangen, den Herr Saferies mit Derek Lopper geschlossen hat. Er scheint in Ordnung. Ich habe auch den zuständigen Notar kontaktiert.

Ihm ist nichts darüber bekannt, ob Herr Lopper eventuell von dem Vertrag hatte zurücktreten wollen. Er meinte, der alte Fischer sei recht zufrieden mit dem Arrangement gewesen.«

»Wir haben also noch immer kein eindeutiges Motiv für den Mord an Derek Lopper gefunden«, ärgerte sich Ruth. »Das macht es natürlich schwer, einen potenziellen Täterkreis zu ermitteln.«

»Aus welchem Grund haben Sie vorhin nachgefragt, ob Ingo Thiele bei meinen Nachforschungen eine Rolle spielt?«, erkundigte sich Hagen.

Ruth berichtete ihrem Partner daraufhin von ihrer Unterhaltung mit Eike Willems.

Hagens Miene wurde daraufhin noch grüblerischer. »Ein Päckchen mit Zollaufklebern und chinesischen Schriftzeichen? Halten Sie es für möglich, dass sich Fugu darin befunden hat?«

»Das werden wir hoffentlich bald herausfinden.« Ruth ging zu ihrem Schreibtisch hinüber und setzte sich.

»Was für ein Interesse könnte Herr Thiele denn gehabt haben, die Emder Kripo lahmzulegen?«, fragte Hagen skeptisch.

»Darüber können wir uns den Kopf zerbrechen, nachdem ich dieses Telefonat geführt habe«, erwiderte Ruth, schnappte sich das Telefon und wählte die Nummer des Hauptzollamtes.

Gleichzeitig rief Hagen die Datei der Baustellenüberwachungskamera auf, um nachzusehen, ob die erwähnte Päckchenübergabe gefilmt worden war.

*

Es dauerte über eine halbe Stunde, bis Ruth die gewünschten Informationen telefonisch zusammengetragen hatte. Sie war mehrmals zu anderen Sachbearbeitern durchgestellt worden und einmal sogar ins Bundesamt für Verbraucherschutz und Lebensmittelsicherheit weitergeleitet worden. Die Gespräche waren teils kompliziert verlaufen und mit Spezialwissen über Verordnungen überfrachtet gewesen, sodass der Hauptkommissarin nun ein wenig der Kopf rauchte.

»Die Einfuhr von Fugu-Fisch in die EU ist generell verboten und unterliegt bei Ausnahmen strengen Kontrollen und Anforderungen«, sagte sie konzentriert. »So soll sichergestellt werden, dass der Fugu den EU-Standards für Lebensmittelsicherheit entspricht und für den menschlichen Verzehr sicher ist.«

109

»Aber das war der Kugelfisch, der uns an Bord der STÖRTE-BEKER untergeschoben wurde, mit Sicherheit nicht«, gab Hagen zu bedenken.

Ruth nickte beipflichtend. »Die Sachbearbeiter, mit denen ich gesprochen habe, halten es für ausgeschlossen, dass dieser Fugu auf legale Weise nach Deutschland gelangt ist.«

»Und was ist nun mit dem Päckchen von Herrn Thiele? Er ist zur besagten Zeit tatsächlich beim Anleger der Ausflugsschiffe gewesen und hat Joseph Kulka etwas übergeben. Was es war, ist nicht deutlich zu erkennen, da der Aufnahmewinkel leider zu ungünstig ausfiel.«

»Das Päckchen wurde in Japan aufgegeben, habe ich beim Zoll schließlich herausgefunden«, erklärte Ruth.

»Es waren also keine chinesischen Schriftzeichen, sondern japanische«, stellte Hagen fest.

Ruth lächelte nachsichtig. »Eike Willems kennt sich mit den unterschiedlichen fernöstlichen Schriftsystemen nicht aus, darum wohl die Verwechslung.«

»Und wer hat dieses Päckchen nun verschickt?«

»Ein japanischer Delikatessenversand. Adressiert war die Lieferung an Ingo Thiele in Greetsiel. Und es war nicht das erste Mal, dass Herr Thiele bei diesem Versand bestellt hatte.« Ruth schüttelte kaum merklich den Kopf. »Eine Sondergenehmigung für die Einfuhr von Kugelfisch liegt allerdings nicht vor. Wäre Fugu in der Lieferliste aufgeführt gewesen, wäre er also beschlagnahmt worden.«

»Und was war stattdessen drin?«

»Getrockneter Fisch, Katsuobushi genannt. Das ist eine Fischart aus der Familie der Makrelen und Thunfische und eine wichtige Zutat in der japanischen Küche. Katsuobushi bildet den Hauptbestandteil des japanischen Suppengrundstocks Dashi, wurde mir erklärt.«

Hagen blies die Wangen auf und ließ hörbar Luft entweichen. »Ingo Thiele bezieht also regelmäßig Fischdelikatessen aus Japan, aber Fugu ist nicht dabei«, fasste er zusammen.

»Jedenfalls nicht offiziell«, erwiderte Ruth. Sie legte die Hände flach auf ihren Schreibtisch. »Ingo Thiele muss etwas mit diesem Giftfisch zu tun haben«, sagte sie mit Überzeugung in der Stimme.

»Ich frage mich gerade, warum Frau Willems beim Zubereiten des Fisches nicht gemerkt hat, dass eine ihr fremde Sorte darunter war«, sagte Hagen und machte sich daran, das Internet zurate zu ziehen. Es dauerte nicht lange, bis er eine Antwort gefunden hatte: »Die Filetstücke des Kugelfisches unterscheiden sich optisch nicht sonderlich von solchen anderer Fischsorten«, stellte er fest. »Mit bloßem Auge lässt sich nur schwerlich ein Unterschied feststellen.«

Ruth nickte beifällig. »Kehren wir zu Ingo Thiele zurück«, sagte sie. »Er ist der Einzige, der im Umfeld unserer Ermittlungen mit japanischem Fisch in Zusammenhang steht.« Sie zog nun ebenfalls die Computertastatur zu sich heran. »Wir müssen mehr über diesen Mann erfahren«, sagte sie, während sie mit zwei Fingern auf den Tasten herumhackte. »Das ist sowieso längst überfällig.«

Hagen beteiligte sich an der Recherche. »In den Polizeiarchiven wird sein Name jedenfalls nicht erwähnt«, konnte er kurz darauf vermelden.

Ruth, die einen Internetbrowser geöffnet hatte, las konzentriert den Text der Seite, die sie aufgerufen hatte. »Ingo Thiele betätigt sich als Börsenspekulant«, sagte sie gedehnt. »Eike Willems hatte darauf während unserer Unterhaltung angespielt. Offenbar ist er in seinem Bestreben, seinen Mitmenschen eine Investition in Aktien schmackhaft zu machen, ziemlich aufdringlich. Frau Willems wollte er anscheinend Anteile an dem Energieunternehmen verkaufen, das die Offshore-Anlagen betreibt.«

Während Ruth redete, bearbeitete Hagen seine Tastatur mit eleganter Schnelligkeit. »Ingo Thiele unterhält berufliche Kontakte nach Japan«, sagte er, ohne von seinem Bildschirm wegzusehen. »Er unternimmt regelmäßig Flugreisen nach Tokyo. Zuletzt vor einem halben Jahr, wenn die Angabe auf seiner Geschäftsseite aktuell ist. Sein Geld legt er seinen eigenen Angaben zufolge gerne in japanische Aktienunternehmen an.« Hagen beugte sich vor und verengte die Augen zu schmalen Schlitzen. »Er hegt offenbar eine Vorliebe für die Lebensmittelbranche. Er bietet auf seiner Internetseite mehrere Aktienpakete mit entsprechenden japanischen Unternehmen an. Darunter auch eine Firma, die einen internationalen Versand betreibt. Für das Energieunternehmen *Strombrise* rührt er ebenfalls die Werbetrommel.«

Ruth stieß sich mit ihrem Bürosessel vom Schreibtisch ab und wandte sich ihrem Partner zu. »Ich bin jetzt mal ganz dreist und unterstelle Ingo Thiele, dass er ausgezeichnete Beziehungen zur japanischen Lebensmittelbranche unterhält«, sagte sie glatt. »Es erscheint mir daher nicht ganz unmöglich, dass er es in die Wege

111

geleitet haben könnte, dass man ihm auf illegale Weise Fugu nach Greetsiel schickt.«

»In getrocknetem Zustand und als Katsuobushi deklariert?«

Ruth hob die Schultern. »Warum nicht? In Wasser eingeweicht, wird das Fischfleisch wieder saftig und geschmeidig.«

Hagen fasste sich in den Nacken und begann die von der Büroarbeit verhärteten Muskelstränge zu kneten. »Wir lehnen uns mit diesen Annahmen ziemlich weit aus dem Fenster«, merkte er kritisch an.

»Es ist eine These, auf deren Grundlage wir unsere Nachforschungen vorantreiben können«, entgegnete Ruth und stand auf.

»Wir fahren jetzt zu Herrn Thiele?«, erkundigte sich Hagen, dem die Sache nicht ganz geheuer zu sein schien.

Ruth legte sich den Mantel um die Schultern. »Später. Zuerst statten wir Joseph Kulka einen Besuch ab.«

»Warum das?«, erkundigte sich Hagen interessiert.

»Der Kapitän der KRUMMHÖRN scheint mir von den Männern, die jetzt in den Fokus unserer Ermittlungen gerückt sind, der labilste. Er sagt ständig die Unwahrheit, was mich vermuten lässt, dass er ängstlich darum bemüht ist, vor uns etwas zu verbergen. Wenn wir ihn ein wenig unter Druck setzen, wird sein Lügenkonstrukt womöglich zusammenbrechen, sodass die Wahrheit zutage tritt.«

Hagen stand auf. »Erwarten Sie von mir keine Glanzleistung. Ich fühle mich mit Ihrer These nämlich nicht ganz wohl.«

Kapitel 7

Die KRUMMHÖRN lag vor der STÖRTEBEKER am Kai. Die Ausflugsfahrt musste erst kürzlich geendet haben, denn einige Nachzügler verließen soeben das Schiff, als Ruth und Hagen sich dem Steg näherten.

Joseph Kulka, der seinen Gästen zum Abschied persönlich die Hand schüttelte, zog die Augenbrauen über der Nasenwurzel zusammen, als er der beiden Kriminalisten ansichtig wurde. »Heute findet keine Fahrt mehr statt«, sagte er abweisend. »Kommen Sie morgen wieder.«

»Wir sind dienstlich hier«, stellte Ruth klar.

Joseph vergrub die Hände in den Taschen seiner braunen Kordhose. »Und was wollen Sie von mir?«

»Das Päckchen, das Ingo Thiele Ihnen am Montag überreicht hat ... was war da drin?«, stellte Hagen eine unbeholfene Frage.

Der Kapitän wurde um eine Nuance bleicher im Gesicht.

»Versuchen Sie nicht, uns vorzuspielen, Sie wüssten nicht, wovon die Rede ist«, sagte Ruth sachlich. »Es gibt einen Zeugen und eine Videoaufzeichnung.«

»Ich erinnere mich nicht mehr, was in dem ...«

»Fugu womöglich?«, warf Ruth im selben sachlichen Tonfall ein.

»Fugu ... was soll das sein?«

»Ein japanischer Giftfisch.«

Joseph schüttelte vehement den Kopf. »Nee, so hieß der ganz bestimmt nicht.« Er nickte, als würde er sich jetzt erinnern. »Es war Fisch drin, ja«, bestätigte er. »Aber natürlich war der nicht giftig.«

»Was war das denn für Fisch?«, fragte Hagen.

Der Kapitän hob eine Schulter. »Habe ich vergessen. Es war ein unaussprechlicher Name. Aber nicht Fugu.«

»Haben Sie davon denn probiert?«, wollte Hagen wissen.

»Ja.« Die Antwort klang nicht sehr überzeugend. »Er schmeckte nicht besonders, darum habe ich ihn gleich wieder ausgespuckt«, fügte Joseph rasch hinzu. »So außergewöhnlich, wie Ingo immer tut, ist dieser japanische Fisch gar nicht. Der aus der Nordsee schmeckt mir viel besser.«

»Peet und Eike Willems wollten Sie von diesem Fisch mit dem unaussprechlichen Namen also ebenfalls etwas abgeben«, sagte Ruth

113

im Tonfall einer Feststellung. »Oder warum haben Sie diesen Fisch nachts an Bord der STÖRTEBEKER gebracht?«

Der Kapitän stierte die Hauptkommissarin wirr an. »Nee. Das hab ich nich!«, rief er. »Ich hab Ihrem Kollegen doch schon erzählt, warum ich nachts da rüber bin.«

Ruth nickte. »Weil Sie glauben, die Willems würden Drogenschmuggel betreiben.«

»Eben darum!«, bestätigte Joseph, der sich jetzt wieder in sicherem Fahrwasser wähnte.

»Die Geburtstagsgesellschaft auf der STÖRTEBEKER ist schwer erkrankt, weil sie japanischen Giftfisch gegessen hat«, sagte Ruth streng. »Eine Kollegin ist sogar gestorben. Und Sie sind der Einzige, der japanischen Fisch heimlich an Bord der STÖRTEBEKER gebracht haben könnte.«

»Ja, aber …«

»Es sieht nicht gut für Sie aus«, sagte Hagen milde. »Sie behaupten, Sie wussten gar nicht, dass es sich bei dem Fisch, den Sie den Willems untergeschoben haben, um Fugu gehandelt haben könnte. Das wollen wir fürs Erste mal gelten lassen.«

Ruth drohte dem Kapitän mit dem Zeigefinger. »Überlegen Sie sich gut, was Sie jetzt sagen. Wenn herauskommt, dass Sie uns angelogen haben, steht Ihnen womöglich eine Anzeige wegen mehrfachen versuchten Mordes ins Haus.« Das war eine gewagte Behauptung. Doch Ruth hielt sie in diesem Fall für vertretbar.

Joseph schluckte trocken, schien mit sich zu ringen.

»Dass die Leidtragenden ausgerechnet Polizisten sind, macht die Sache für Sie natürlich nur noch umso schlimmer«, setzte Hagen noch einen obendrauf.

Joseph wich den Blicken der beiden Kriminalisten aus. »Also gut«, sagte er gequält. Er rang die Hände. »Dieser Fisch schmeckte scheußlich. Den Bissen, den habe ich sofort ausgespien, so grausig hat der geschmeckt«, wiederholte er. »Und da kam mir die Idee, diese Brocken, die ich vorher in Wasser aufgeweicht hatte, dem ollen Peet unterzuschieben.« Erneut schob er die Hände in die Hosentaschen. »Die Happen sollten seinen Gästen vor Ekel im Halse stecken bleiben. Das hätte seinem Ruf ordentlich geschadet.« Er blickte auf. »Dass dieser Fisch giftig war, das wusste ich nicht – ehrlich!«

Ruth verzog kaum merklich den Mund. »Fürs Erste werden wir Ihnen das glauben.«

114

»Ich wollte niemanden vergiften!«, begehrte Joseph auf. »Dass diese Kollegin von Ihnen gestorben ist, ist nicht meine Schuld!«

»Noch etwas anderes möchte ich von Ihnen wissen«, wechselte Ruth unvermittelt das Thema.

»Was denn noch?«, jammerte Joseph, als befürchtete er neues Ungemach.

»Hat Moritz Saferies Ihnen ein Kaufangebot für Ihr Brachland an der nordwestlichen Grenze von Greetsiel unterbreitet?«

Joseph riss verstört die Augen auf. »Warum wollen Sie das denn wissen?«

»Beantworten Sie einfach meine Frage. Ich werde es so oder so herausfinden.«

Der Kapitän nickte wie ein geprügelter Hund. »Ja, hat er.«

»Und – werden Sie verkaufen?«, erkundigte sich Hagen.

Joseph zuckte unglücklich mit den Schultern. »Ich denke schon, ja.«

»Mehr wollten wir gar nicht wissen«, sagte Ruth in aufgeräumter Stimmung.

Joseph verzog säuerlich das Gesicht. »Da bin ich aber froh«, ätzte er.

Die Kriminalisten verabschiedeten sich und stiegen die Deichböschung hinauf.

»Sie haben ja doch ganz brauchbare Arbeit geleistet«, sagte Ruth an ihren Partner gerichtet.

Hagen lächelte schwach. »Ich habe das Beste aus der Situation gemacht.« Er warf Ruth einen fragenden Blick zu. »Sie wissen, dass Herr Kulka jetzt bei Ingo Thiele anrufen und ihm von unserem Besuch erzählen wird?«

»Davon gehe ich aus. Trotzdem werden wir ihn jetzt aufsuchen.«

»Hatten Sie denn den Eindruck, dass Herr Kulka uns diesmal die Wahrheit gesagt hat?«

Ruth schüttelte den Kopf. »Ich würde es denken, wenn ich nicht den Verdacht hätte, dass hinter dieser ganzen Geschichte mehr steckt, als es momentan den Anschein hat. Herr Kulka hat uns nur teilweise reinen Wein eingeschenkt. Er versucht noch immer, etwas vor uns zu verbergen.«

*

115

Inge und Ingo Thiele stand in eingravierten Lettern auf dem bronzenen Klingelschild am Haupteingang des wuchtigen Hauses geschrieben. Drei ausladende Stufen führten zu der doppelflügeligen Tür empor. Ruth läutete, und als sie den Bronzeknopf erneut drücken wollte, weil es ihr zu lange dauerte, bis jemand reagierte, schwang einer der Türflügel plötzlich auf und eine elegant gekleidete, schlanke Frau stand vor ihnen.

»Ja. Sie wünschen?«, fragte die Dame reserviert-höflich.

»Sie sind Frau Inge Thiele?«, fragte Ruth und hielt ihren Dienstausweis empor.

»Ja, die bin ich«, erhielt sie zur Antwort, wobei die Frau den Kopf mit einer Miene zurückzog, als hätte man ihr einen stinkenden Fisch vors Gesicht gehalten.

»Wir müssen Ihren Mann sprechen«, erklärte Ruth.

Ein ärgerlicher Ausdruck machte sich auf Inge Thieles Gesicht breit. »Wir dinieren gerade.«

»Nicht weiter schlimm«, tat Ruth den Einwurf ab. »Das stört uns nicht.«

»Uns könnte es allerdings …«

»Wenn es Ihnen lieber ist, nehmen wir Ihren Mann zur Befragung mit auf die Wache«, unterbrach Ruth die Frau mit liebenswürdiger Stimme.

Inge zögerte einen kurzen Moment, trat dann aber beiseite und forderte die Kriminalisten mit einer knapp bemessenen Geste auf, einzutreten. Die Hacken ihrer Stöckelschuhe verursachten ein trockenes Hallen, während Inge ihre unliebsamen Gäste den gefliesten Flur entlangführte. Sie hielt auf eine Glastür zu und sagte, während sie sie öffnete und eintrat: »Du hast Besuch von der Kripo, Schatz!«

Ingo erhob sich so abrupt von seinem Stuhl, dass ihm die Serviette vom Knie rutschte. »Muss das ausgerechnet jetzt sein?«, fragte er verstimmt. »Wir dinieren …«

»Es scheint sehr wichtig zu sein«, unterbrach ihn seine Frau. Sie setzte sich an ihren Platz und deutete auf den gedeckten Tisch. Eine Servierplatte, auf der verschiedene mit Petersilienblättern und Zitronenscheiben garnierte Sushi-Häppchen lagen, stand in der Mitte. »Es ist nicht genug da, sonst würde ich Ihnen jetzt etwas anbieten«, sagte sie.

»Nicht nötig«, erwiderte Ruth. »Seit dem Vorfall auf der STÖRTE-BEKER ist mir der Appetit auf Fisch vergangen.« Das stimmte zwar nicht, Ruth wollte jedoch die Gelegenheit nicht ungenutzt verstreichen lassen, den vergifteten Fisch zur Sprache zu bringen.

»Und ich faste«, sagte Hagen und hob ablehnend die Hände.

Ingo setzte sich wieder. »Was wollen Sie denn von mir?«, fragte er mit finsterer Miene. Den Kommissaren einen Sitzplatz anzubieten, hielt er offenkundig nicht für nötig.

»Wir möchten wissen, was sich in dem Päckchen befunden hat, das Sie am Abend vor dem Desaster an Bord der STÖRTEBEKER Herrn Joseph Kulka übergeben haben«, sagte Ruth ohne Umschweife.

Ingo beugte sich zur Seite, hob die heruntergefallene Serviette auf und breitete sie sorgsam auf seinem Oberschenkel aus. »Was denn für ein Päckchen?«, fragte er wie beiläufig.

»Sie wurden bei der Übergabe gesehen und gefilmt«, brachte Hagen sich ein, wobei er sich kaum bemühte, seiner Stimme nicht anmerken zu lassen, dass er diesen Satz heute nicht zum ersten Mal von sich gab. Ingo Thiele sollte nicht verborgen bleiben, dass sie von dem Anruf wussten, den er wahrscheinlich kürzlich von Joseph Kulka erhalten hatte.

»Das Päckchen war Ihnen vor drei Tagen aus Japan geschickt worden«, half Ruth dem Erinnerungsvermögen des Mannes noch zusätzlich auf die Sprünge.

»Ach so, das meinen Sie.« Ingo spießte einen Sushi-Happen auf die Gabelzinken und steckte ihn sich in den Mund. »Es befand sich Katsuobushi darin«, sagte er kauend. »Das ist eine japanische Spezialität. Joseph wollte sie mal probieren, nachdem ich ihm davon vorgeschwärmt hatte.«

»Wir haben Grund zu der Annahme, dass es sich bei diesem Fisch in Wahrheit um Fugu gehandelt hat«, sagte Ruth förmlich.

Ingo lächelte dünn. »Das kann nicht sein. Die Einfuhr von Fugu ist ohne Sondergenehmigung verboten; und eine solche besitze ich nicht.«

»Hatten Sie oder Ihre Frau von diesem getrockneten Fisch denn gegessen?«, erkundigte sich Ruth.

»Das haben wir nicht«, antwortete Inge. »Er war ja für Joseph vorgesehen gewesen.«

»Verstehe.«

117

Hagen erzählte nun eindringlich von dem vergifteten Geburtstagsbuffet und was damit angerichtet worden war. Im Gegensatz zu Joseph Kulka ließ die Thieles seine Schilderung sichtlich unbeeindruckt.

»Das ist wirklich eine schlimme Sache«, sagte Ingo schlicht. »Mir ist allerdings nicht ganz klar, warum Sie meine Frau und mich damit behelligen.«

»Herr Kulka hat gestanden, dass er den Fisch, den er von Ihnen bekommen hatte, an Bord der STÖRTEBEKER geschmuggelt hat«, sagte Hagen aufgebracht. »Auf diesem Weg gelangte die Ware aus Japan auf die Servierplatten der Geburtstagsgesellschaft. Die Laboruntersuchungen belegen, dass sich Fugu unter den Häppchen befunden hat. Es ist also nicht aus der Luft gegriffen, wenn wir vermuten, dass …«

Ingo packte die Serviette, knüllte sie zusammen und warf sie auf den Tisch. »Wollen Sie mir etwa unterstellen, ich hätte meinen Nachbarn mit Fugu vergiften wollen?«

Inge setzte ebenfalls eine entrüstete Miene auf. »Wenn tatsächlich Fugu im Päckchen gewesen sein sollte, muss es sich um ein Versehen seitens des japanischen Delikatessenvertriebs gehandelt haben.«

Ruth schüttelte in Richtung ihres Partners kaum merklich den Kopf, um ihm zu bedeuten, dass sie an diesem Punkt nicht weiterkamen und sie ihre Strategie zu ändern gedachte.

»Wie ist es eigentlich um den Kurs von *Strombrise* bestellt?«, fragte sie unverfänglich. »Können Sie die Aktien dieses Energieunternehmens guten Gewissens empfehlen?«

Ingo furchte unwillig die Stirn. »Was soll das denn jetzt?«, fragte er überrumpelt.

»Sie besitzen Wertpapiere dieses Unternehmens, nicht wahr?«

Ingo nickte unwirsch. »Unter anderem.«

»Dann wird Ihnen die Ankündigung von Derek Lopper, eine Umweltschutzkampagne gegen das Unternehmen anzustrengen, wahrscheinlich nicht gefallen haben.«

Zornesröte stieg dem Spekulanten ins Gesicht. Abrupt stand er auf. »Soll das etwa schon wieder ein Versuch werden, mich mit dem Mord an Herrn Lopper in Verbindung zu bringen?« Ungehalten fuchtelte er mit den Armen. »In der Mordnacht war ich mit Hajo Roth angeln, das sagte ich bereits.«

118

»Und als Derek Lopper ums Leben kam, lagen Sie angeblich im Bett neben Ihrer Frau«, wandte Hagen ein.

»Das kann ich bestätigen«, beeilte sich Inge jetzt zu versichern. »Im Halbschlaf habe ich mitbekommen, dass er sich neben mich gelegt hat. Dann hat mich sein Schnarchen im Laufe der Nacht mehrmals geweckt. In den frühen Morgenstunden sind wir dann gemeinsam aufgestanden.«

»Da hören Sie es«, sagte Ingo zufrieden. »Streichen Sie mich also bitte endlich von der Liste der Mordverdächtigen. Und mit dem giftigen Fisch habe ich ebenfalls nichts zu schaffen!« Er setzte sich hin.

Aber Ruth hatte ihr Pulver noch nicht verschossen. »Wie ich hörte, ist Moritz Saferies an Ihrem Grundstück interessiert. Offenbar soll eine Wohnanlage für alte Menschen hier entstehen. Das Flurstück von Derek Lopper hat sich Herr Saferies bereits gesichert. Und Joseph Kulka will sein angrenzendes Brachland ebenfalls verkaufen.«

Dieser Themenwechsel brachte das Ehepaar sichtlich aus dem Konzept. Inges Miene versteinerte, und obwohl sie um Fassung bemüht war, sammelten sich Tränen in ihren Augen.

»Ich wüsste nicht, warum ich Ihnen davon erzählen ...«, setzte Ingo an. Doch seine Frau fiel ihm ins Wort: »Ich kann es einfach nicht fassen, dass du auch nur in Erwägung gezogen hast, unser Anwesen zu verkaufen!«, stieß sie aufgewühlt aus und ballte die zierlichen Hände zu Fäusten. »Aber dass du es tatsächlich tun wirst, das kann ich beim besten Willen nicht begreifen!«

»Bitte, Schatz, beruhige dich«, bat Ingo eindringlich.

»Ich soll mich beruhigen?!«, schrie Inge außer sich. »Was ist bloß los mit dir?« Sie gestikulierte unwirsch in Richtung der Kommissare. »Zuerst gerätst du ins Visier von Mordermittlungen, und dann beichtest du mir bei Sushi und Reiswein, dass du unser Haus diesem Makler zum Verkauf zur Verfügung stellen wirst!«

»Es ist mein Haus«, erwiderte Ingo störrisch.

Inge nickte verbittert. »Ja, es ist dein Haus.« Sie stand auf und wankte dabei ein wenig. Dann stieß sie das Weinglas willentlich um, sodass sich der Inhalt über die Tischdecke ergoss. »Und wenn du weiterhin mit mir zusammenleben willst, solltest du dafür sorgen, dass es auch dein Haus bleibt!« Schluchzend wirbelte sie herum und stakste davon. Wütend schlug sie die Tür hinter sich zu.

119

Ingo presste die Zähne so fest aufeinander, dass sich die Wangenmuskeln unter der Haut deutlich abzeichneten.

»Sie werden also tatsächlich verkaufen?«, bohrte Ruth in die Wunde. »Ihr schönes neues Gebäude wird abgerissen werden?«

Ingo schlug mit den flachen Händen hart auf den Tisch. »Das ist ja wohl meine Entscheidung!«, schrie er. »Und nun verlassen Sie mein Haus. Sie haben genug Unfrieden gestiftet!«

»Wir machen nur unsere Arbeit«, gab Ruth gelassen zurück. »Und ich habe stark den Eindruck, dass Sie uns auch weiterhin beschäftigen werden.«

Ingo stierte Ruth wie von Sinnen an. »Gehen Sie jetzt!«, presste er wütend hervor.

Ruth bedeutete Hagen mit einer Kopfbewegung, den Rückzug anzutreten. Ihr Partner blieb dicht hinter ihr, während sie das Zimmer verließen, wie um sie zu schützen, sollte Ingo seine Beherrschung verlieren und sich auf sie stürzen.

Als sie ins Freie traten, umfing sie die kühle Luft der Abenddämmerung. Hagen atmete einmal tief durch. »So habe ich Sie ja noch nie erlebt«, sagte er beeindruckt.

Ruth hob kurz einen Mundwinkel. »Manchmal muss man eben ein wenig brachial vorgehen, um die Leute dazu zu bringen, endlich mit den Tatsachen herauszurücken.«

Anstatt sich dem zivilen Einsatzwagen zu nähern, schlug Ruth die entgegengesetzte Richtung ein.

Hagen sah gefasst zum Nachbarhaus hinüber, auf das seine Chefin jetzt zusteuerte und in dem Hajo und Rika Roth wohnten. »Es sieht nicht so aus, als würden wir jetzt Feierabend machen«, merkte er an, während er sich beeilte, zu Ruth aufzuschließen.

»Alles zu seiner Zeit«, sagte sie und stieß die Eingangspforte auf.

*

Hajo riss die Haustür so ungestüm auf, dass der dabei entstandene Windstoß seine Haare flattern ließ. »Ja!«, rief er, was eher herausfordernd als fragend klang. »Was ist?«

»Wir haben Ihnen ein paar Fragen zu stellen«, sagte Ruth in resolutem Tonfall.

»Jetzt, um diese Uhrzeit? Wissen Sie überhaupt, wie spät es ist?«

Ruth sah beiläufig auf ihre Armbanduhr. »Gleich halb acht.« Hajo sperrte den Mund auf, aber die Hauptkommissarin hieß ihn mit einer herrischen Geste zu schweigen. Lauschend legte sie den Kopf zur Seite. »Hören Sie das auch?«, fragte sie an Hagen gerichtet.

»Da weint jemand«, erwiderte dieser.

Streng sah Ruth den ehemaligen Häftling an. »Geht es Ihrer Frau gut?«

»Ja!« Diesmal klang dieses »Ja« abweisend und schroff. »He!«, rief Hajo im nächsten Moment, als Hagen ihn aus dem Weg stieß und ins Haus eindrang.

»Sie wollten uns doch sowieso gerade hereinbitten«, sagte Ruth aalglatt und schob sich ebenfalls an dem Mann vorbei. Anschließend bedeutete sie ihm, vor ihr her zu gehen, was er dann auch widerstrebend tat.

Rika saß in der Küche auf einem einfachen Holzstuhl und tupfte mit einem Taschentuch die Tränen aus ihrem Gesicht. Sie trug eine für ihren zierlichen Wuchs viel zu große Küchenschürze.

Hagen stand vor ihr, die Hände in die Hüften gestemmt. Die Anwesenheit der Kriminalisten war Rika sichtlich unangenehm, und sie drehte den Kopf so, dass der blaue Fleck auf ihrem linken Jochbein verborgen blieb. Hagen hatte die Blessur jedoch längst bemerkt. Strafend blickte er sich nach Hajo um. »Sind Sie dafür verantwortlich?«, fragte er vorwurfsvoll.

Hajo ahnte offenbar, worauf der junge Kommissar anspielte. »Sie ist unglücklich gestürzt«, behauptete er.

Rika schluchzte auf, nickte dabei aber zustimmend.

»Stellen Sie Ihre Fragen, und dann verschwinden Sie gefälligst!«, blaffte Hajo.

Ruth, der es sehr gelegen kam, dass Rika ebenfalls anwesend war, fragte: »Werden Sie Ihr Haus Herrn Saferies zum Verkauf überlassen?«

Hajo starrte sie mit offenem Mund an und Rika schoss wie von einer Sprungfeder angetrieben von ihrem Stuhl hoch. Misstrauisch sah sie zwischen ihrem Mann und den Kriminalisten hin und her. »Warum fragt die Kripo dich sowas?«, wollte sie wissen. Ihre Augen verengten sich. »Sag mir endlich, warum du mein Haus unbedingt diesem Makler überlassen willst!«, forderte sie.

»Es geht nicht anders. Das haben wir doch bereits geklärt!«, fuhr Hajo sie an.

121

Rika schüttelte fassungslos den Kopf. »Ich hätte auf meine Freundin hören sollen. Du reißt mich ins Verderben!«

»Gar nicht wahr!«, rief Hajo mit einem Anflug von Verzweiflung in der Stimme. »Für das Geld finden wir woanders eine viel bessere Bleibe als das hier!«, versuchte er sich dann an einem versöhnlicheren Tonfall und deutete um sich.

»Dieses Haus gehörte meinen Eltern!«, gab Rika weinerlich zurück. »Wie kannst du nur so abfällig darüber reden?«

»Du solltest dich freuen, dass du ihn endlich abstoßen kannst, diesen ollen Kasten!«

»Du herzloser Schuft!« Rika stürzte davon. Dabei verhedderte sie sich mit den Beinen in der Küchenschürze und wäre beinahe gefallen, wenn Hagen sie nicht geistesgegenwärtig am Arm gepackt und festgehalten hätte.

»Pass verdammt nochmal auf!« Hajo rang die Hände. »Beinahe wärst du wieder hingefallen. Und dann … dann hätte es einmal mehr so ausgesehen, als wenn ich dich …« Er verstummte, als Rika aus der Küche stürmte. Verbittert presste er die Lippen aufeinander und starrte mit finsterer Miene vor sich hin.

»Wenn mein Partner Ihnen mit seiner Anschuldigung Unrecht getan hat, möchte ich mich in aller Form dafür entschuldigen«, sprach Ruth ihn an.

Hajo verzog grimmig das Gesicht. »Ich bin daran gewöhnt, unschuldig angeklagt zu werden.«

Auf diese Bemerkung hatte die Hauptkommissarin gehofft, denn nun konnte sie zum eigentlichen Grund ihres Besuchs überleiten. »Doktor Fixlmillner ist ein fähiger Rechtsmediziner. Ich glaube kaum, dass er die Spuren an der Leiche Ihrer Freundin damals falsch interpretiert hat. Den Richter konnte er mit seiner Beweisführung ebenfalls überzeugen.«

Ruth hatte einen wunden Punkt getroffen, das war Hajo deutlich anzusehen. Er strahlte plötzlich eine fast spürbare Gewaltbereitschaft aus, sodass Hagen entschlossen vor ihn hintrat und die Hand fest auf seine Brust drückte. »Sie werden sich sofort beruhigen, verstanden?!«

»Sie müssen einen ziemlichen Rochus auf Doktor Fixlmillner haben«, stellte Ruth gelassen fest. »Ohne seine akribische Arbeit wäre es damals womöglich gar nicht zu einer Verurteilung gekommen.«

Hajo starrte sie an Hagen vorbei wütend an. »Die Frage, die Sie mir stellen wollten, wie lautet sie?«, presste er mühsam beherrscht hervor.

»Ich wollte wissen, ob Sie Genugtuung empfunden haben, als Sie die Urkunde zertreten haben, die in Doktor Fixlmillners Haus an der Wand hing und ihm von Studenten verliehen wurde, weil er Ihren Fall vor ihnen so ausführlich ausgebreitet hatte.« Sie lächelte dünn. »Es stand sogar Ihr Name drauf.«

Hajo wich wie benommen einen Schritt zurück. »Was – reden Sie da?«, sagte er rau. »Ich habe ein Alibi für die Zeit, als bei Fixlmillner eingebrochen wurde, das wissen Sie. Warum fangen Sie immer wieder ...«

»Ich würde mich an Ihrer Stelle nicht darauf verlassen, dass diese Alibis, die Herr Thiele Ihnen verschafft hat, für immer Bestand haben«, gab Ruth schlicht zurück.

»Was wollen Sie damit andeuten?«

»Ingo Thiele und Joseph Kulka stecken wie Sie in Schwierigkeiten«, erklärte Ruth geduldig. »Gut möglich, dass sie deshalb ihre Erinnerungen revidieren werden.«

Hajo schluckte trocken. »Joseph Kulka? Haben Sie den etwa auch auf dem Kieker?«

Ruth lächelte neutral. »Welche Rolle Moritz Saferies in diesem undurchsichtigen Spiel spielt, wird ebenfalls noch zu klären sein«, fügte sie hinzu.

Hajo hatte es offenbar die Sprache verschlagen. Wirr blickte er in der Küche umher. In seinem Kopf arbeitete es, wie seine angestrengte Miene verriet.

»Wollen Sie uns noch etwas mitteilen?«, erkundigte sich Ruth.

Als würde er aus einem Tagtraum hochschrecken, zuckte der Angesprochene zusammen. Sein Blick klärte sich. »Sie haben Ihre Fragen gestellt. Gehen Sie jetzt!«, forderte er.

Ruth hob gleichmütig die Schultern. »Wie Sie wollen.« Ohne weitere Worte wandte sie sich ab und verließ die Küche.

Hagen stapfte hinter seiner Chefin her. Draußen angekommen, schnaufte er, als müsse er Überdruck ablassen. »Ich glaube, ich habe in den letzten Stunden eine Menge von Ihnen gelernt«, merkte er an.

Ruth warf Hagen einen kurzen Blick zu. »Normalerweise bevorzuge ich es, mit mehr Fingerspitzengefühl vorzugehen«, sagte Ruth, während sie das Grundstück verließ. »Aber in diesem Fall ...«

Hagen nickte verstehend. »Sie sind wegen Felix aufgebracht, weil dieser Giftfisch ihn hätte töten können.«

Ruth blieb stehen und sah ihren Partner nachdenklich an. Dann nickte sie bedächtig. »Das könnte einer der Gründe sein, warum ich so rüde mit diesen Männern umspringe. Das haben Sie gut erkannt.«

Hagen lächelte. »Ich sagte doch, dass ich dazugelernt habe.«

Sie setzten ihren Weg zum zivilen Einsatzwagen fort.

»Staatsanwalt Lindau hätte mir diesen Fall wegen Befangenheit eigentlich nicht zuweisen dürfen«, überlegte Ruth laut. »Trotzdem hat er es getan.«

»Es gab ja kaum Alternativen, wen er stattdessen hätte beauftragen können«, wandte Hagen ein und sperrte den Wagen auf. »Ich bin ihm wahrscheinlich noch zu unerfahren, und Anita Schadel …« Er verstummte und sah Ruth über das Dach des BMW hinweg an. »Ja, warum hat er Anita diesen Fall eigentlich nicht übertragen?«

Ruth lächelte neutral. »Dazu sage ich lieber nichts.«

»Er hält sie nicht für kompetent genug?«

»Steigen Sie endlich ein«, beendete Ruth die Unterhaltung. »Für heute haben wir genug getan. Morgen sehen wir dann, ob die Unruhe, die wir gestiftet haben, eventuell Früchte getragen hat.«

Kapitel 8

Am nächsten Morgen fuhr Ruth mit ihrem Auto zum Emder Krankenhaus, um Felix zu besuchen. Als sie am gestrigen Abend mit ihm telefoniert hatte, ging es ihm offenbar bereits ein wenig besser. Dennoch machte sie sich nach wie vor Sorgen um ihn und die anderen Kollegen, die von dem Fugu gegessen hatten. Mit Hagen war sie so verblieben, dass er im Büro bleiben sollte, um zu recherchieren und Formulare auszufüllen.

Diesmal hielt Ruth einen Strauß roter Tulpen in der Hand, als sie vom Parkplatz kommend auf den Eingang der Klinik zustrebte. Die Nase in einen Blütenkelch gesteckt, weilten ihre Gedanken bei Felix, und so bemerkte sie Anita Schadel erst, als diese sich ihr direkt in den Weg stellte.

»Moin«, sagte Ruth perplex und blieb stehen.

Anitas Stirn war umwölkt. »Moin«, erwiderte sie den Gruß, um dann übergangslos fortzufahren: »Wollten wir uns nicht gegenseitig über unsere Ermittlungen auf dem Laufenden halten?« Sie stemmte die Hände in die Hüften. »Warum muss ich erst durch Ihren Partner erfahren, was Sie in Greetsiel so treiben? Wenn ich ihn heute Morgen nicht zufällig angerufen hätte, wüsste …«

»Was ich so treibe?«, unterbrach Ruth ihre Kollegin befremdet.

»Ich meinte Ihre unsinnigen Befragungen, und dass Sie im Trüben fischen. Was soll das? Warum konzentrieren Sie sich nicht auf …«

»Ich leite die Ermittlungen in diesem Fall«, stellte Ruth klar. Sie ließ den Arm mit dem Tulpenstrauß sinken, sodass die Blütenkelche nun nach unten deuteten. Sezierend musterte sie ihr Gegenüber. »Was regt Sie so sehr auf, Anita?«

»Sie verschwenden in Greetsiel Ihre Zeit. Dabei … dabei könnte jeden Moment ein großangelegtes Verbrechen stattfinden. Darauf sollten Sie Ihr Augenmerk richten!«

Ruth sah sich demonstrativ um. »Bisher ist mir nichts über ein großangelegtes Verbrechen zu Ohren gekommen.«

»Aber es könnte jeden Moment …«

»Erzählen Sie mir lieber, was Ihre Ermittlung in der Chefetage von *Strombrise* ergeben hat.«

Anita machte eine vage Handbewegung. »Ich bin da an einem Kerl dran. Arnold Becker ist sein Name. Er wurde schon einmal aus einem

Unternehmensvorstand entlassen, weil er sich unlauterer Mittel bedient hatte.«

Ruth schob sich an der Frau vorbei und setzte ihren Weg in die Klinik fort. »Und wann wollten Sie mir davon berichten?«

»Das mache ich doch gerade!«, rief Anita, während sie hinter Ruth hereilte.

»Und Sie wissen nun ja auch, was ich und mein Partner so treiben«, gab Ruth frostig zurück. Zielstrebig durchquerte sie die Eingangshalle und strebte auf die Fahrstühle zu. Anita holte sie ein und stellte sich ihr in den Weg, sodass sie erneut stehen bleiben musste.

»Wir wären schon viel weiter, wenn Sie sich nicht in Ihre fixe Idee festgebissen hätten, irgendwelche Leute aus Greetsiel könnten mit der Vergiftung unserer Kollegen zu tun haben«, warf sie der Hauptkommissarin vor.

»Damit und mit dem Mord an Derek Lopper«, vervollständigte Ruth.

Anita blinzelte indigniert, wirkte regelrecht geschockt. »Das ist Blödsinn!«

»So, meinen Sie?« Ruth musterte ihre Kollegin prüfend. »Sie befinden sich auf dem Holzweg, wenn Sie glauben, mich von meinen Ermittlungen abbringen zu können.«

Anita wurde bleich um die Nase herum. »Was … wie kommen Sie denn darauf, dass ich das wollen würde?«

»Weil Sie es die ganze Zeit versuchen«, gab Ruth schlicht zurück.

»Ich befürchte doch bloß, dass etwas wirklich Schlimmes passieren könnte. Und dann ist da noch dieser Arnold Becker …« Sie presste die Hand auf ihren Unterbauch und verzog das Gesicht. »Oh weh«, stöhnte sie. »Es geht wieder los!« Hektisch wandte sie sich ab. »Entschuldigen Sie mich!« Mit diesen Worten eilte sie in Richtung der Besuchertoiletten davon. Kurz bevor sie die Tür erreichte, begann ihr Handy zu klingeln. Sie zog es im selben Moment aus der Tasche, als sie in dem Toilettenraum verschwand.

Ruth blieb nachdenklich am Fleck stehen. Dann fasste sie einen Entschluss, einen Entschluss, mit dem sie sich nicht recht wohlfühlte, den sie aber dennoch in die Tat umzusetzen gedachte.

*

126

Den Blumenstrauß drückte Ruth einem Mädchen in die Hand, das gerade an ihr vorbeischlenderte. »Für deine Mama«, erklärte sie dem verdutzten Kind und ging zu den Gästetoiletten hinüber. Eine Frau kam ihr aus der Damentoilette entgegen, und sie schlüpfte rasch durch die Tür, ehe diese zufallen konnte. Sie hatte Glück, der Raum lag verlassen da, und nur eine der Toilettenkabinen war besetzt, wie die rote Markierung in dem kleinen Sichtfenster der Verriegelung verriet. Anitas gedämpfte Stimme drang aus diesem Abteil hervor.

Auf leisen Sohlen schlich Ruth in die benachbarte Kabine und lehnte die Tür nur an, um keine verräterischen Geräusche zu verursachen. Sie achtete auch darauf, dass ihr Schatten nicht in den Spalt unter der Trennwand der beiden Kabinen fiel.

»… wenn ich es dir doch sag, Süßer«, sagte Anita mit gepresster Stimme. »Diese Frau … sie ist nicht aufzuhalten!«

Einen Moment lang hörte Anita ihrem Gesprächspartner schweigend zu. Was dieser sagte, konnte Ruth nicht verstehen, sosehr sie sich auch bemühte. Dass es ein Mann war, erkannte sie deutlich am Klang der Stimme.

»Nein … das kannst du vergessen«, sagte Anita gequält. »Du musst allein deinen Kopf aus der Schlinge ziehen. Ich kann dir dabei nicht helfen!«

Erneut wurde auf sie eingeredet.

»Du musst mich da raushalten«, rief Anita aufgebracht. »Wenn mein Name in diesem Zusammenhang auch nur erwähnt wird, kann ich meinen Beruf an den Nagel …« Sie stockte, um dann wütend fortzufahren: »Das wirst du nicht tun! Ich wusste doch gar nichts von dem Fugu. Du hast lediglich gesagt, dass meinen Kollegen ein bisschen schlecht werden wird und ich von dem Buffet nichts essen soll, damit unser Kleines in meinem Bauch … Und überhaupt, Frau Fasan glaubt, dass der Mord an Derek Lopper und der Vorfall an Bord der STÖRTEBEKER zusammenhängen. Was hast du dazu zu sagen? Das stimmt nicht, oder? Sag mir, dass das nicht stimmt!« Ihre Stimme überschlug sich, und plötzlich waren Würggeräusche zu hören. Hektisches Scharren drang zu Ruth herüber. Dann übergab sich Anita mit hohlem Geräusch in die Kloschüssel. Ihr Handy fiel klappernd zu Boden, rutschte mit dem Display nach oben gekehrt unter der Trennwand hindurch in Ruths Kabine herüber. Mit spitzen Fingern hob sie den Apparat auf, den Blick auf die Nummer des Anrufers gerichtet, die auf dem Handy angezeigt wurde. Sie erkannte

127

die Zahlenfolge sofort wieder, obwohl sie sie bisher nur einmal gesehen hatte, als sie auf die Rückseite einer Visitenkarte notiert worden war.

Während Anita sich weiterhin erbrach, hielt Ruth sich das Handy ans Ohr. »Moin, Herr Saferies«, sagte sie in ruhigem Tonfall. »Ich wusste, dass Sie mir irgendwann ins Netz gehen würden. Aber dass es auf diese Weise geschehen würde, überrascht selbst mich.«

Ein Tuten drang aus dem Apparat, der Makler hatte aufgelegt. Stille kehrte ein. Auch aus der Nachbarkabine drang nun kein Mucks mehr.

Ruth verließ die Kabine, bemühte sich jedoch nicht mehr, geräuschlos dabei vorzugehen. Die Tür der besetzten Zelle öffnete sich. Anita starrte Ruth mit entgeistert aufgerissenen Augen an.

»Moritz Saferies ist also der Vater Ihres Kindes?«, fragte Ruth. Es war allerdings mehr eine Feststellung denn eine Frage.

Anita wischte sich mit dem Arm über die zitternden Lippen und nickte.

»Er ist verheiratet«, sagte Ruth.

»Wollen Sie mir jetzt eine Moralpredigt halten?« Anita stierte Ruth wirr an. »Wir lieben uns!«

»Sie lieben ihn so sehr, dass Sie sich von ihm dazu benutzen lassen, Ihre Kollegen zu vergiften?«

Niedergeschlagen schüttelte Anita den Kopf. »Moritz hat mir erst gesteckt, dass das Essen nicht ganz in Ordnung ist und ich die Finger davon lassen soll, als ich bereits an Bord der STÖRTEBEKER war.«

»Und dennoch haben Sie nichts unternommen, um Ihre Kollegen zu warnen«, sagte Ruth hart. »Und mir wollten Sie diesen vergifteten Fisch sogar regelrecht in den Mund stopfen!«

Tränen schwammen in den Augen der Emder Kommissarin. »Dieser Mord an Derek Lopper … glauben Sie wirklich, dass Moritz da mit drinsteckt?«, fragte sie verzagt.

»Das werden wir herausfinden.« Ruth schob Anitas Handy in ihre Tasche, holte stattdessen ihr eigenes hervor und ließ Hagens Smartphone anwählen. »Stellen Sie keine Fragen«, sagte sie, als ihr Anruf entgegengenommen wurde. »Sehen Sie zu, dass Sie Moritz Saferies so schnell wie möglich in Gewahrsam nehmen. Und seien Sie vorsichtig. Er weiß, dass wir ihm auf die Schliche gekommen sind.«

Es zeigte sich, dass Hagen und Ruth inzwischen ein gut eingespieltes Ermittlerduo waren, denn er sagte bloß »Okay«, setzte seine

Chefin kurz über die Ergebnisse seiner neuesten Nachforschungen in Kenntnis und legte auf.

»Interessant«, kommentierte Ruth das Gehörte und wandte sich zum Gehen.

»Was haben Sie denn jetzt vor?«, fragte Anita mit brüchiger Stimme.

»Ich werde nach oben ins Krankenzimmer gehen und Staatsanwalt Lindau bitten, mir mehrere Vollmachten ausstellen zu lassen. Außer Ihrem Liebhaber sind drei weitere Männer in diesen Fall verwickelt, und die will ich alle in die Polizeiwache von Greetsiel bringen lassen.«

»Und was wird aus mir?!«, rief Anita Ruth hinterher, während diese die Damentoilette verließ.

»Sie kommen mit mir!«, antwortete Ruth über die Schulter hinweg. »Noch gehören Sie zu meinem Ermittlerteam. Und langsam sollten Sie mal etwas Sinnvolles tun!«

*

Die Emder Polizei mobilisierte alle zur Verfügung stehenden uniformierten Kräfte, um unverzüglich nach Greetsiel aufzubrechen und Ingo Thiele, Joseph Kulka und Hajo Roth festzusetzen. Als Ruth die Wache in der Ankerstraße betrat, hatte Hagen Moritz Saferies bereits in das Verhörzimmer verfrachtet. »Er will unbedingt einen Anwalt hinzuziehen«, sagte Hagen.

Ruth zuckte mit den Schultern. »Soll er nur machen.« Dann wandte sie sich an Anita und trug ihr auf, im Büro zu warten, bis ihre Hilfe benötigt würde.

Nach und nach trafen die Polizisten mit den in Gewahrsam genommenen Männern ein. Ruth hieß die Verdächtigen auf den Stühlen im Empfangsbereich der Wache Platz zu nehmen, denn der Verhörraum war zu klein, um alle darin unterzubringen. Anschließend begab sie sich in die Teeküche, damit sie ungestört ein paar Telefonate führen konnte. Unter anderem sprach sie mit Luise Saferies, Moritz᾽ Ehefrau.

Es gehörte ganz und gar nicht zu den Gepflogenheiten der Hauptkommissarin, derartige Unterhaltungen mit der Frau eines Verdächtigen zu führen, und sie fühlte sich alles andere als wohl dabei. Dennoch setzte sie Luise am Telefon darüber in Kenntnis, dass ihr

129

Mann ein Verhältnis mit Anita Schadel hatte und diese von ihm schwanger war. Luise reagierte gefasst. Offenbar hatte sie bereits geahnt, dass ihr Mann ihr untreu war. Nach kurzem Zögern erklärte sie sich sogar bereit, auf Ruths Vorschlag einzugehen und in die Greetsieler Wache zu kommen.

Die Frauen von Ingo Thiele und Hajo Roth sagten ihr Kommen kurz darauf ebenfalls zu. Da Joseph Kulka alleinstehend war, erübrigte es sich für Ruth, einen weiteren Anruf zu tätigen.

Als die Ehefrauen der Verdächtigen schließlich eintrafen, wuchs die Gruppe im Empfangsbereich des sanierten Friesenhauses um drei weitere Personen an. Ruth bat Hagen, nun auch Moritz Saferies aus dem Verhörraum herzubringen.

Beunruhigung machte sich auf dem Gesicht des Maklers breit, als er seine Frau auf einem der Stühle sitzen sah. Luise aber wich seinem fragenden Blick demonstrativ aus, was den Mann noch mehr verunsicherte.

»Hinsetzen«, befahl Ruth und deutete auf den letzten noch freien Stuhl. Anschließend klärte sie die Anwesenden über ihre Rechte und darüber auf, dass die Befragung aufgezeichnet wurde.

»Ohne meinen Anwalt werde ich nichts sagen«, stellte Moritz nochmals klar.

Unbeeindruckt wandte sich Ruth Ingo Thiele zu. »Kommissar Reese hat sich mit der Polizei in Japan kurzgeschlossen und die Kollegen um Rechtshilfe gebeten«, erläuterte sie. Anschließend gab sie Hagen ein Zeichen, fortzufahren.

»Unsere japanischen Kollegen haben den Mitarbeiter der Versandfirma in die Mangel genommen, der Ihnen den Fugu geschickt hat«, erläuterte dieser daraufhin. »Offenbar war er Ihnen einen Gefallen schuldig. Darum gab er Ihrem Drängen nach und packte, wie von Ihnen verlangt, Fugu anstatt Katsuobushi in das Päckchen, das an Ihre Adresse verschickt werden sollte.«

»Sag nichts, bevor unser Anwalt hier ist, wie wir besprochen haben!«, rief Moritz dem Börsenspekulanten zu.

»Sie wussten, dass sich Fugu in dem Päckchen befand, das Sie Joseph Kulka im Hafen von Greetsiel übergeben haben«, fuhr Ruth an Ingo Thiele gerichtet fort. »Wollten Sie den Kapitän der KRUMMHÖRN denn etwa vergiften?«

»Was? Nein, natürlich nicht!«, rief Ingo, presste dann fest die Lippen aufeinander und schwieg.

»Es war zwischen Ihnen beiden also abgemacht, dass der giftige Fisch an Bord der STÖRTEBEKER und somit auf das Buffet der Emder Kripo landen sollte«, schlussfolgerte Ruth und deutete dabei zwischen Ingo Thiele und Joseph Kulka hin und her. »Sie beide haben es zu verantworten, dass eine Kollegin aus dem Labor der Spurensicherung gestorben ist. Ihr Name war Gesa Blum.«

Joseph Kulka setzte sich kerzengerade auf. »Ich wusste nichts von dem Fugu!«, rief er aufgebracht. »Es sollte den Gästen vom ollen Peet doch nur ein bisschen schlecht werden. So war es ausgemacht!«

»Du sollst den Mund halten!«, fuhr Moritz den Kapitän an.

»Damit ihr mir die Sache anhängen könnt?«, rief Joseph zornig zurück und tippte sich mit dem Finger energisch an die Stirn. »Nicht mit mir!« Gefasst sah er zu Ruth auf. »Ich hatte von der Geburtstagsparty auf der STÖRTEBEKER erfahren; Peer hatte damit ganz schön geprotzt. Das war *die* Gelegenheit, unser Vorhaben endlich durchzuführen.«

»Was denn für ein Vorhaben?«, hakte Ruth nach.

»Was mich betrifft, sollte die STÖRTEBEKER bloß in Verruf geraten«, gab Joseph grimmig zurück. »Die Willems schnappen mir ständig die Ausflugsgäste vor der Nase weg. Damit sollte endlich Schluss sein!« Er warf den anderen Männern einen wütenden Blick zu. »Dass Leute dabei sterben werden, davon war nie die Rede!«

Hajo Roth ballte die Fäuste. »Ich habe jedenfalls niemanden ermordet!«, grollte er.

Ruth wandte sich dem ehemaligen Häftling zu. »Es wird für Sie nicht ganz leicht werden, mich davon zu überzeugen«, sagte sie.

Erschrocken sah Hajo sie an. »Was meinen Sie?«

»Sie und Ingo Thiele waren niemals angeln«, erwiderte Ruth. »Sie beide haben gelogen. Für die Mordnacht haben Sie kein glaubhaftes Alibi.«

»Die Klappbrücke des Störtebekerkanals wird von der Greetsieler Schleuse aus videoüberwacht«, erläuterte Hagen dem entsetzt dreinschauenden Mann. »Das wussten Sie anscheinend nicht, als Sie behaupteten, dort geangelt zu haben. Ich habe mir die Aufnahmen des betreffenden Zeitraums angesehen. Das Ufer lag verlassen da. Keine Angler weit und breit.«

»Dann waren wir eben woanders Fische fangen«, warf Ingo Thiele mit finsterer Miene ein. »Ich erinnere mich nicht mehr so genau.«

Ruth hob eine Schulter. »Das werden Sie vor Gericht näher ausführen müssen, wenn Sie einigermaßen glaubhaft wirken möchten, Herr Thiele.«

Hajo sprang auf. »Mir, einem ehemaligen Häftling, wird niemand glauben!«, rief er aufbrausend. Er atmete tief durch. »Also gut; ich gestehe«, sagte er hastig, als befürchtete er, er könnte es sich im nächsten Augenblick wieder anders überlegen. »Ich habe Derek Lopper nachts entführt und auf den Kran in der Knock gebracht. Dabei verwendete ich eine Schreckschusspistole, die täuschend echt aussieht, aber im Grunde harmlos ist. Ermordet habe ich den alten Fischer nicht. Ihm sollte bloß Angst gemacht werden, damit er aufhört, gegen die Offshore-Anlage vorzugehen.«

»Und warum wollten Sie sich für diese Windkraftanlage einsetzen?«, fragte Hagen leicht verwundert.

»Das habe ich für Ingo Thiele getan!«

Ein Tumult brach unter den Männern los, den Hagen jedoch schnell eindämmen konnte.

»Erklären Sie uns das genauer«, forderte Ruth Hajo auf, nachdem Ruhe eingekehrt war.

»Wir haben Hand in Hand gearbeitet«, erläuterte dieser. »Jeder sollte ein bisschen profitieren. Mir ging es darum, Doktor Fixlmillner die Geburtstagsparty zu verderben. Und weil er dann im Krankenhaus lag, sprang für mich sogar noch eine Gelegenheit bei raus, in sein Haus einzubrechen und Dinge zu zerstören, die ihm besonders lieb waren.«

»Es ging Ihnen also um Rache, weil Frank Fixlmillner mit seiner akribischen Arbeit dafür gesorgt hat, dass Sie ins Gefängnis kamen«, fasste Hagen zusammen.

Hajo nickte abgehackt. »Ingo und Joseph sollten dafür sorgen, dass die Geburtstagsparty platzt. Als Gegenleistung erklärte ich mich bereit, Derek Lopper einen Schrecken einzujagen.« Beschwörend hob er die Hände. »Aber er war noch am Leben, als ich ihn gefesselt und geknebelt auf dem Kran zurückließ – ehrlich!«

»Setzen Sie sich hin«, sagte Ruth.

»Jemand anderes aus unserem sauberen Club hat Derek den Garaus gemacht!«, stieß Hajo aus, während er der Aufforderung nachkam.

»Ich hab dem alten Fischer ganz bestimmt nicht den Strick um den Hals gelegt!«, sagte Joseph Kulka mit finsterer Miene. Er verzog den

Mund. »Außerdem war ich zur Mordzeit an Bord der STÖRTE-BEKER. Das beweist das Video der Überwachungskamera.«

»Ach – soll ich jetzt etwa der Mörder sein?«, brüllte Ingo Thiele mit zornrotem Gesicht.

Seine Frau schüttelte den Kopf. »Als bei Herrn Lopper der Tod eintrat, hast du an meiner Seite gelegen«, sagte sie rau.

»Und Hajo und ich haben uns gerade geliebt, als es geschah«, versicherte Rika und errötete dabei.

Ruth drehte sich dem Makler zu. »Wo waren Sie denn zur Tatzeit?«, fragte sie wie beiläufig.

»Ja, Moritz!«, rief Hajo gereizt herüber. »Wo warst du?« Er fuchtelte wild mit einem Arm. »Du hast uns doch erst zusammengebracht und diesen Plan ausgetüftelt, der uns alle angeblich voranbringen sollte!«

»Und als Gegenleistung haben wir dir versprochen, unsere Grundstücke zu verkaufen«, warf Ingo Thiele ein. »Doch dieses Versprechen hat dir offenbar nicht ausgereicht, wie es scheint. Jetzt willst du uns nämlich zwingen zu verkaufen. Sonst willst du keinen Finger rühren, um den Mordverdacht von uns abzuwenden, hast du gedroht!«

»Und trotzdem sitzen wir jetzt hier!«, stellte Joseph Kulka säuerlich fest.

»Wenn ihr nicht so viel quatschen würdet …«, setzte Moritz an, verfiel aber erneut in Schweigen und verschränkte die Arme, um zu signalisieren, dass er ohne Anwalt keinen Ton mehr von sich geben würde.

»Du hast den alten Fischer gekillt, gib's zu!«, schrie Hajo. »Du wolltest uns in dieses Verbrechen verwickeln, um uns zu zwingen zu verkaufen!«

Moritz verschränkte die Arme und schwieg zu diesem ungeheuerlichen Vorwurf.

Plötzlich drehte Luise ihrem Mann das Gesicht zu. Ein verächtlicher Zug umspielte ihre Lippen. »Zu Hause warst du zur fraglichen Zeit jedenfalls nicht«, sagte sie bitter. »Wahrscheinlich warst du stattdessen wieder bei deinem Flittchen. Wie so oft, wenn du vorgegeben hast, nachts nicht heimkehren zu können, weil du Geschäftliches zu erledigen hast!«

133

Ruth gab Alice, die hinter dem Empfangstresen stand, ein Zeichen. Die Streifenpolizistin öffnete daraufhin die Verbindungstür zum Büro der Kommissare und bat Anita herauszukommen.

Als die Emder Kommissarin auf der Bildfläche erschien, verfinsterte sich Moritz' Miene merklich.

»Ist Moritz Saferies in der Nacht vom vergangenen Montag auf Dienstag bei Ihnen gewesen?«, fragte Ruth ihre Kollegin. »Und zwar in der Zeit zwischen zwei und drei Uhr morgens?«

Anita schüttelte den Kopf, während sie sich fröstelnd die Oberarme rieb. »Er hat um ein Uhr mein Bett verlassen«, sagte sie rau. »Wahrscheinlich dachte er, ich merke es nicht, wie er sich aus der Wohnung stiehlt. Um vier Uhr kehrte er zurück und schlüpfte unter meine Decke. Er war eiskalt und hat sich an mir gewärmt!« Sie schluchzte. Dann stürzte sie zurück ins Büro und warf die Tür krachend hinter sich zu.

Moritz war leichenblass im Gesicht geworden. Im Empfangsbereich breitete sich drückende Stille aus. In diesem Moment wurde die Eingangstür geöffnet und ein Mann in Anzug und mit Aktentasche unter dem Arm trat ein. Verwundert warf er einen Blick in die Runde. »Rechtsanwalt Starke«, stellte er sich vor. »Mein Mandant Moritz Saferies hat mich herbestellt. Er und seine Freunde stecken offenbar in Schwierigkeiten.«

»Willkommen im Club«, sagte Hajo Roth sarkastisch. »Aber ich fürchte, Sie sind zu spät gekommen.«

»Was soll das heißen?«, wandte sich der Rechtsanwalt an die Hauptkommissarin.

»Dass Ihr Mandant und seine Komplizen in Untersuchungshaft kommen werden«, sagte Ruth.

*

Zwei Tage später wurden sämtliche an Tetrodotoxin-Vergiftung erkrankten Teilnehmer der Geburtstagsfeier als geheilt aus dem Krankenhaus entlassen – alle außer Gesa Blum, die in einem Sarg aus der Klinik gebracht wurde.

Frank Fixlmillner kehrte umgehend an seinen Arbeitsplatz in der Forensik der Emder Kripo zurück, um am Leichnam von Derek Lopper eine Nachuntersuchung vorzunehmen. An dem Strick, mit dem der pensionierte Fischer aufgeknüpft worden war, konnte er

134

schließlich rudimentäre DNS-Spuren sicherstellen. Sie stammten von Moritz Saferies, wie ein Abgleich beweisen konnte. Auch der Fingerabdruck, den Hagen auf der Kranplattform hatte sichern können, konnte dem Hausmakler schließlich zugeordnet werden.

Im Laufe des wenige Wochen später stattfindenden Gerichtsverfahrens wurde Moritz Saferies des Mordes an Derek Lopper überführt und rechtskräftig verurteilt. Ingo Thiele und Joseph Kulka erhielten eine mehrjährige Haftstrafe wegen fahrlässiger Tötung und gefährlicher Körperverletzung in mehreren Fällen. Hajo Roth wiederum wanderte wegen Entführung, Freiheitsberaubung und Vandalismus hinter Gitter. Anita Schadel wurde auf unbestimmte Zeit vom Polizeidienst beurlaubt. Staatsanwalt Lindau strengte ein Disziplinarverfahren gegen sie an, und es stand der Verdacht im Raum, dass sie die Fischproben in der Emder Forensik mutwillig unbrauchbar gemacht hatte, um ihren Geliebten zu schützen.

Unterlagen, die darauf hindeuteten, dass Derek Lopper tatsächlich eine Umweltschutzkampagne gegen die Offshore-Anlage in die Wege hatte leiten wollen, wurden nie gefunden. Entweder waren sie spurlos verschwunden, oder es hatte sie nicht gegeben, weil Derek nur damit gedroht, aber nie wirklich an eine Umsetzung gedacht hatte.

Aufgrund der besonderen Umstände gab *Bremestor* die Pläne auf, in Greetsiel eine Wohnanlage für alte Menschen zu errichten. *Strombrise* nahm die Bauarbeiten an der Offshore-Anlage jedoch wieder auf, nachdem die Urteile in diesem verwickelten Mordfall verkündet worden waren.

All dies verfolgte Ruth nur am Rande, denn sie und Hagen waren zu diesem Zeitpunkt bereits mit einem neuen Kriminalfall beschäftigt. Dessen ungeachtet ließ sie in ihrer Freizeit keine Minute ungenutzt verstreichen, die Nähe ihres geliebten Kapitäns der Wasserschutzpolizei in vollen Zügen zu genießen.

ENDE

135

Ostfrieslandkrimi-Empfehlungen
des Klarant Verlages

Kennen Sie auch schon die anderen Bände der Ostfrieslandkrimi-Serie **»Polizei Greetsiel ermittelt«** von Jan Olsen?

»Die Leiche im Watt«, Band 1
Taschenbuch-ISBN: 978-3-96586-460-3
eBook-ISBN: 978-3-96586-386-6

Eine Leiche im Watt!
Wer ist der Tote mit dem blau-weiß gestreiften Hemd, der ermordet im Schlick liegt? Die Identität des Mannes zu ermitteln, gelingt den neuen Greetsieler Kommissaren Ruth Fasan und Hagen Reese schnell, denn das Boot des Fischers Christian Hellmann ist nicht von der Fangfahrt in dieser Nacht zurückgekehrt. Der tote Fischer galt als störrischer Eigenbrötler, der mit seiner Art manchmal aneckte, aber reicht das für ein Mordmotiv?
Nach und nach finden die Greetsieler Ermittler heraus, dass mehrere Personen im Umfeld des Opfers offenbar einiges zu verbergen haben. Vorwürfe des illegalen Fischfangs stehen im Raum, und auch Christian Hellmanns Verhältnis zu seinem Bruder wirft Fragen auf. Hat eine ungerechte Verteilung der Erbschaft zur Eskalation zwischen den Brüdern geführt? Mysteriös ist auch der Umstand, dass die Polizei erst durch ein Video auf die Leiche aufmerksam wurde. Und aus irgendeinem Grund wollte jemand, dass die Ermittler genau wissen, wo sich das Opfer befindet …

»Die Leiche im Deichhaus«, Band 2
Taschenbuch-ISBN: 978-3-96586-526-6
eBook-ISBN: 978-3-96586-527-3

»Die Leiche mit dem Teelikör«, Band 3
Taschenbuch-ISBN: 978-3-96586-571-6
eBook-ISBN: 978-3-96586-572-3

»Die Leiche im Meer«, Band 4
Taschenbuch-ISBN: 978-3-96586-622-5
eBook-ISBN: 978-3-96586-623-2

»Die Leiche im Schlick«, Band 5
Taschenbuch-ISBN: 978-3-96586-669-0
eBook-ISBN: 978-3-96586-670-6

»Die Leiche im Sieltief«, Band 6
Taschenbuch-ISBN: 978-3-96586-715-4
eBook-ISBN: 978-3-96586-716-1

»Die Leiche auf dem Gulfhof«, Band 7
Taschenbuch-ISBN: 978-3-96586-774-1
eBook-ISBN: 978-3-96586-775-8

»Die Leiche auf dem Krabbenkutter«, Band 8
Taschenbuch-ISBN: 978-3-96586-827-4
eBook-ISBN: 978-3-96586-828-1

»Die Leiche auf der Deichkrone«, Band 9
Taschenbuch-ISBN: 978-3-96586-866-3
eBook-ISBN: 978-3-96586-867-0

»Die Leiche in Greetsiel«, Band 10
Taschenbuch-ISBN: 978-3-96586-926-4
eBook-ISBN: 978-3-96586-927-1

»Die Leiche bei der Geburtstagsfeier«, Band 11
Taschenbuch-ISBN: 978-3-96586-966-0
eBook-ISBN: 978-3-96586-967-7

Klarant Verlag

Lernen Sie die Ostfrieslandkrimi-Titel des Klarant Verlages kennen und besuchen Sie uns im Internet unter:

www.ostfrieslandkrimi.de

und

www.klarant.de

Sie können dort Näheres über unsere Autorinnen und Autoren erfahren, viele weitere interessante Bücher und eBooks finden und Leseproben herunterladen. Mit dem kostenlosen Newsletter auf

www.ostfrieslandkrimi-lesen.de

erhalten Sie aktuelle Informationen rund um das Verlagsprogramm, wie beispielsweise spannende Neuerscheinungen und Gewinnspiele.